隔壁坟前的那个男人

【瑞典】卡特里娜·玛泽蒂（**Katarina Mazetti**）◎著
李 娟◎译

1

谁为死者鸣不平？

维护他们的权利，

倾听他们的问题，

浇灌他们的盆栽？

你要小心提防我！

一个愤怒的单身女人，而且心情明显不怎么正常。谁知下次月圆时分我会干出什么事来。

斯蒂芬·金的书你肯定拜读过吧，呃？

我坐在丈夫坟边一条墨绿色的长凳上，凳子被坐得多了，磨得很光滑，我感受着他的碑石向我扎来的阵阵刺痛。

那是一小块朴实无华的天然石，上面只刻着他的名字——厄尔扬·沃林，字体朴实无华，简单到你甚至可能会说过于直白，一如他本人，而这也是他自己的选择。他生前给殡仪师留下了指示。

他死得太轻巧，我之所以这么说是因为他甚至都没有得过什么病。

他想在自己的碑石上表达什么意思，我最清楚：死亡不过是大自然循环中的一个自然部分。他是名生物学家。谢谢你，厄尔扬，死也死得那么超脱。

我每周午餐休息时间都会来看他几次，每次都坐在相同的地方，而且每周末至少一次，雷打不动。如果天下起雨来，我会拿出事先折好放在小包里的塑料雨衣。它难看得让人不忍卒睹，我是在母亲的衣柜里找到的。

墓地里有很多人带这种雨衣。

我每次来这里一坐至少一个小时。想当然地以为只要我耐力够久，总能酝酿出悲伤的情绪。这么说吧，只有把自己折磨得更痛苦我才会更痛快。如果我坐在这里能拧干无数条手帕，而不必时时自审我流的是否是鳄鱼的眼泪，那我的哀痛就得到了成全。

然而真相面目可憎，大多时候，我心里只熊熊燃烧着对他的恨。该死的逃兵，你为什么就不能好好看路？而另一些时候，我就像那些喜欢养相思鹦鹉的孩子，巴心巴肝地养了它十二年，突然一天它就莫名其妙地死了。再没有什么比这更契合我的感受。

我想念他始终如一的陪伴和我们日复一日的凡尘琐事。

再没有人坐在我身旁的沙发上翻报纸；推开家门再闻不到扑鼻而来的咖啡香；鞋架上没有了厄尔扬的鞋子和长筒雨靴，看起来就像寒冬中一棵凋零的树。

如果我回答不出"sun god（太阳神），打两字[1]"，就要么猜，要么留空。

双人床上总有一半整洁如初。

如果我没有回来，在路上被车碾成了纸片，也再不会有人关心我的去向。

如果我不在，家里就再没有人冲抽水马桶。

我来了，坐在墓地里，多么想念那哗啦一阵抽水声。斯蒂芬，就算是你，是不是也被我这个念头震住了呢？

墓地不知怎地总让我想起那些蹩脚的说笑滑稽演员，他们好像总在浑身抽筋。

他们有意不动声色，噼里啪啦冒出一连串含糊不清的词，我当然也能纵容自己这样自言自语般胡言乱语吧？这些日子以来，除了那点压抑的情感的抚慰，我心里一片荒芜。

厄尔扬在的时候，我至少知道自己是谁。我们是彼此的证明，毕竟，夫妻本就是我中有你，你中有我。

而现在的我是谁呢？

那取决于我碰巧被谁撞见。在有些人眼里，我就是一介选民，对另一些人而言，我不过是路人甲、一个靠工资为生的人、一个消费大众、一个人力资源或一个资产所有者。

或只不过是一堆开叉的头发，渗漏的卫生棉和干燥的皮肤。

但当然了，我还能用厄尔扬来定义自己。这是他死后能为我

---

[1] 这里指英文猜字游戏。

做的最后一件事。如果我的生命中从没有厄尔扬这个人来过,我将只能称自己为"一个三十多岁的单身女人",我昨天在报纸上看到过这种表述,它让我毛发直竖。然而我却是个"没有孩子的年轻寡妇",如此凄凉、如此悲哀。所以,为此我真要多谢你,厄尔扬!

不知为何我也有点烦恼,是那种彻底泄气的感觉。厄尔扬就这样离我而去了,我感到无比失望。

我们开始展望未来,制订短期和长期计划,我们打算去韦姆兰[1]度假泛舟,等哪天能拿到丰厚的退休金,我们就去。

厄尔扬在地底下也一定感到失望吧。他勤修苦练太极拳,坚持吃有机土豆和多重不饱和脂肪食物。结果又得到什么了呢?

有时候我都替他不值。这不公平,厄尔扬!你是这么善良,这么能干!

过了五个月的独身生活,我的两腿间不时会兴奋地微颤。这让我担心我会患上恋尸癖。

在厄尔扬的碑石旁竖着一块毫无品味可言的墓碑,怎么看都像是个怪物。白色的大理石上刻着打旋的金字,天使、玫瑰、小鸟、丝带花环上写着字,甚至还刻着一个有益健康的小头盔和一把长柄大镰刀。墓石上刻着一对男女的名字,出生年份相近,坟墓像中央花园一样种满了植物。这肯定是谁家的孩子在用这种过

---

[1] 瑞典西部靠近挪威边境的区域。这里有着能给人带来惊喜和欢乐的绝世自然美景:广袤的森林、波光粼粼的湖水、白雪皑皑的山峰。

于豪华的方式纪念自己的父母亲。

几个星期前，我第一次在那块大而丑陋的碑石边看到了那位丧亲的孝子。他是个和我年龄相仿的男人，穿着花哨的填棉刺绣夹克，戴着一顶配有御寒耳罩的棉帽，帽檐前方上翘，美国样式，上面的标签上写着"森林业主联盟"几个字。他正在急切地又耙又挖他那小块土地。

厄尔扬的碑石周围空荡荡的，什么都没种。如果问他的意见，他也许想要种点和这里完全不搭调的玫瑰花，说它不搭调是因为玫瑰和墓地环境格格不入。在墓地大门入口处的花店里没有西洋蓍草和绣线菊草卖。

上一次，他坐在我旁边的位子上，侧脸看我，但什么都没说。

他身上有股奇怪的味道，左手只剩三根手指。

2

真可恶！我受不了她，看到她都让我无法忍受！

她为什么老坐在那里？

我过去常常在修缮好墓地后在那条长凳上坐一会儿，继续我所有被打断的思绪，希望能找到一项未竟的事情，帮我度过接下来的一两天。如果我不把心思放在工作上，总会不可避免地出现什么小灾难，而我将不得不额外花上一天来解决。好比我开拖拉机时撞到了石块上，折断了后车轴，或一只奶牛踩伤了自己的一个乳头，因为我忘了给她戴好胸罩——我是说乳房护具。

去墓地是我唯一能喘息的机会，就算那会儿，我都从未感觉能坐在那儿静静地思考。我得耙松土地，种点什么，除去杂草，然后才容许自己坐下来。

而她就在那里。

面色憔悴，就好像摆放了好几年的陈土豆。干枯的金发，苍白的一张脸，眉毛和睫毛都是白色的，穿着毫无品味的淡色服饰，不是淡蓝色就是灰褐色。就是个灰头土脸的人。全然的傲慢——她哪怕只化点儿淡妆或戴点儿明亮的首饰都能让她身边的人知道这里有个至少关心自己形象以及关心别人会怎么看待自己的女人。她的苍白不过是在向世人宣布：我才不管你怎么看我呢，我根本没拿眼角去瞧你。

我喜欢女人妆扮成这样：看看我，看我能给你送去多少美！那会让我感觉像受到了抬举。她应该涂上明艳的口红，脚踩绑带尖头小鞋，丰乳傲然挺立在你鼻下。如果她的口红弄花了点、腰上的赘肉把裙子绷出一道道皱褶、身上佩戴的人造珍珠多得挂不下，也没关系——不是每个人的品味都那么好，那得要付出努力修炼。每当我看到一个不再年轻，却会花半天工夫来妆扮自己以博取人们注意的女人时，总有点儿意乱情迷，尤其是留着长长的假指甲，头发烫得都快掉光了，穿着摇摇欲坠的高跟鞋的女人。那让我禁不住想握住她的手，揽她入怀，给她赞美。

当然，我从未这么做过。除了在邮局或银行对她们行注目礼外，我从未靠近过她们。农场上除了给牲口人工授精的技术人员和兽医之外，没有其他女人。她们系着蓝色的长橡胶围裙，穿着长靴，头发上绑着头巾，娴熟地把一根试管插进公牛的精液里。她们从来没有时间留下来喝杯咖啡——就算我有时间进屋去煮一杯。

过去几年妈妈经常对我唠叨，让我"出去"找个姑娘。就好像某个地方有一大群心甘情愿的女孩，你只需走出去，任意挑选。好比在打猎季节拿出步枪去猎杀一只野兔一般容易。

她着急是因为她早已知道癌细胞正在她体内慢慢吞噬她，一旦她走了，家里将只会留下我孤苦伶仃的一个人，而我一直被蒙在鼓里，很久之后才知晓。等到那时，我不仅要继续做所有那些户外工作，并且这么多年来她为我所做的许多事情：温暖的房子、干净的床单、每隔一天就换洗的工作服、可口的食物、一如既往的热咖啡配自家做的小圆面包，我也都将事必躬亲。有些事情我从来不必去考虑——劈柴、给炉子添火、采浆果、洗衣服，现在却都抽不出时间去做。我现在的生活就是：工作服因沾满了奶牛大便和酸奶而变得硬邦邦；灰色的床单；每次走进家门，房子里都冷冰冰的；直接从水龙头下接热水冲雀巢咖啡；每天都把切细的大根香肠扔进微波炉里热热就吃。

她过去常常将《农夫》杂志的家庭部分翻开在个人版面，放在我的咖啡旁，有时候她会圈起某则广告。但是当然了，她从来没有直接说过什么。

妈妈不知道牛奶搅拌平台四周再也没有年轻姑娘迫不及待地想为拥有农场的合格单身汉当管家婆了。几年前她们全都离开去了城里，现在都成了幼儿园老师和年轻护士，嫁给了汽车维修工和销售员，考虑着买栋小房子。夏天，她们有时会带着老公和包裹起来、放在童车里的金黄色头发的小东西回这里小住几周，在她们父母的旧农场外，躺在轻便折叠躺椅上，懒散地打发时间。

高中时，卡利娜一直对我紧"追"不舍，只要略和她搭讪，就能把她拿下。如今，她不时从商店货架后对我进行突袭。夏天时，那家商店依然在营业，也许还能撑上几个年头。她会突然从什么地方跳出来，装作是碰巧撞上的样子，然后开始问我结婚了没有，有没有生孩子。她现在和斯忒芬住在城里，斯忒芬是消费合作社的收银员，她说话时一副洋洋得意的神气，好像指望我会嚎啕大哭，为自己错失了她而后悔不迭。真该死。

也许那个脸色苍白的女人夏天也会去拜访父母，懒懒地躺在轻便折叠躺椅上打发时光，能摆脱她几个星期真是太爽了。夏天我没有时间来墓地，除非哪天下雨，让我无法继续割晒牧草。

然而她就坐在墓石前望着我！你能把那种石头叫什么？看起来就像哪个勘测员竖起的界碑！

爸爸的碑石是妈妈选的，我看得出来它挺俗气，但我也能看出她选择这块碑石时的满腔爱意。她花了好几个星期，订购货品目录，做了许多准备，每天她对设计都会产生新想法，最后，她包揽了所有事宜。

厄尔扬，那是她的父亲、兄弟，还是她的爱人？她既然能日复一日地跑过来坐在那里盯着那块石头看，那她为什么不能在坟墓上种株花？

3

伤口的边缘挣扎着要愈合
时钟渴望被设置重新转动
（永远指向一点半多难堪）——
被截断的四肢会产生幻觉的疼痛

今天发生了一件完全出乎意料的事情。

这是一个晴朗、寒冷的秋日，我像往常一样在午休时间步行去了墓地。那个森林业主坐在长凳上，他对我怒目而视，就好像我侵入了他的私家墓地一般。他的脚上沾满了泥土，也许他刚忙完今天的园艺活儿。我真好奇他为什么有一只手上只剩三根手指。

我在长凳上坐下，开始计算厄尔扬和我原本能生多少个孩子。厄尔扬必定会充分承担起他那部分为人父母的责任，在换毛圈布尿布和背孩子方面成为专家，他会带孩子去上游泳课。

我们结婚五年，几乎没红过脸，偶有冒失的评论、奇怪的冷嘲热讽或愤怒的哼哼声,总是来自我这方,但从未升级到无法收拾的地步。

这不是我的功劳,厄尔扬从来不和任何人争吵,他会耐心地反复阐明自己的观点,直到你累到筋疲力尽,不得不屈服为止。

有几次,他温和的脾性让我失去了控制,我开始发小孩子脾气——踢家具,气呼呼地冲出房间,甩门。每每这时,他总表现得若无其事,我便也很快觉得无趣,偃旗息鼓了,因为那感觉就好像我在为他的风度加分。

有一次我把报纸一张张揉皱,用纸球轰他。我们周六花了半天时间读报——在有争议性的文章上争论不休;对文化事件评头论足,尽管它们发生在几百英里开外;看连环画看得捧腹大笑;计划用番茄干做一顿美味晚餐。我突然萌生出一种奇怪的感觉,当我们坐在那里读报时,真实的生活就在我身边静悄悄地流逝,从窗外奔腾而去,我抓起报纸,继续用纸团攻击他。他棕色的眼神里充满了关注,让我别无选择,要么揍他,要么落泪。

于是我哭了,哭得浑身颤抖。因为最令人恼火的是,在我还没有看完报纸的评论版面之前,他是最有可能穿上绿色长筒靴,拿起双目显微镜,走到外面现实世界中去的一个。"在你和现实之间你总要带一副显微镜。"我抽着鼻子说,感到比任何时候受到的误解都要深,因为甚至连我自己都不了解自己。

几天后,他故作随意地递给我一篇关于经前期紧张的文章,并在我手上善意地拍了拍,那使得我当即想将它揉成一个纸团,当面扔到他脸上,但是我还没来得及行动,他就已经将停放在院子里的山地车开了锁,绝尘而去。

我看到他的第一眼就不可救药地爱上了他。我写六韵步诗的情书给他,逗得他眉开眼笑;我爬到吱嘎响的树枝上为他拍摄鸟巢;我站在冰冷的水里,让水蛭攀附在我腿上,只因为他需要它们做研究。

也许是因为他长得太帅了,性格温和,皮肤棕色,身材高大、结实,那双好看而有力的手总在忙着什么。每每看到其他女人偷瞄他,然后看见他身旁暗淡无光的我时倒抽冷气的样子,总让我乐不可支。(噢,是的,妞们!我可是全凭实力钓到这个帅哥的,我可以传授你们一两招!)

然而这不过是信口开河,我究竟是怎么把他"弄"到手的,连我自己都摸不着头脑。帅哥通常对我这种女人不会比对房屋委员会选中的一个壁纸设计更感兴趣。

然而厄尔扬把我锁进了他的视野——当时我在图书馆咨询台工作,帮他查找过英文版的动物学杂志。他似乎一眼就认准了我是他的女人,此后他唯一会另眼相看的女人,就好像他对北极狐牌户外装备自始至终的青睐一样。

刚开始我感觉他在考核我,类似于某种面面俱到的消费者测试。在森林里。在床上。在电影院里,包括后来在咖啡馆里的聊天,无论在哪里,我们之间都没有针尖对麦芒的矛盾。我们就像同一块编织物中的两根织针,将彼此的观点完美地缝合于一体,开心地看着图案慢慢成型。

然后我们便顺理成章地踏进了婚姻的坟墓，两人都大大松了一口气。我们顺利地通过了考试，准备进入下一个阶段。

就在我们刚开始在手推婴儿车商店橱窗前相视而笑时，他便死于非命，离我而去了。他是在某天大清早被一辆卡车撞死的，他当时正骑车去看大雷鸟交配。他戴着耳机听录制的鸟鸣声——要不就是他没有听到卡车的声音，拐到了车前面，要么就是司机开车时睡着了。

他留给我的只有面前这块素净的石头。我很气愤他就这么离开了我，甚至都没有事先商讨过……现在，我再也搞不懂他是什么样的人了。

我从包里拿出笔记本。那是个蓝色的硬面小本子，封面上印着一艘亮闪闪的蓝帆船。我写道：

> 伤口的边缘挣扎着要愈合
> 时钟渴望被设置重新转动

我根本没想到我在笔记本里胡乱涂鸦实则是在创作诗歌，我只是试图捕捉实物的形象。大部分日子里，我都这么做，就像别人拟定必做事项列表，为他们的日常生活强加秩序。没有人会读它们——我也没有把自己的梦想告诉过任何人，人人都有把握自己生活的方法。

13

森林业主在那边鬼鬼祟祟地偷看我,想看就尽管看吧,我想,他必定是把我想成了做事有条不紊的家庭主妇,这会儿正在做每周预算呢,就算这样也没关系。

就在我拧钢笔盖时——我设法买到了一支,如果你想把思想诉诸文字,就只能用墨水来书写——一位妈妈朝森林业主另一边的坟墓走来,身旁还跟着一个蹦蹦跳跳的三四岁小女孩。小女孩抱着一个亮闪闪的小喷壶,是亮粉色的,看起来是崭新的,她就像抱着皇冠之珠一样小心翼翼地把它搂在怀里。那位妈妈开始摆弄包在纸里的锥形花瓶和花束,弄出一阵瑟瑟声,而小女孩则飞快地绕着碑石转动,从喷壶里喷出串串水珠。突然,她把手捂在嘴上,双眼睁得圆溜溜的,像弹珠,她惊呆了:"噢,妈咪!我把水喷到字上了!现在爷爷肯定气坏了,对不对?"

我的嘴角扯了一下,忍不住朝森林业主瞟了一眼,而那一瞬,他也正看着我。

他也笑了。然后……

我只能凭借庸俗的歌词才能描述他那笑意。

那里面有温暖的阳光、野草莓、欢唱的鸟儿和一汪盈盈的清水,那笑意向我迎面扑来,满载着信任和自豪,就好像他是个正在送我一份奇形怪状生日礼物的孩子。我的嘴角依然扯得大大的,一道弧光在我们之间闪过,时至今日我还能对天发誓——那是一道蓝光,像我的物理老师用那神奇的发电机才能变幻出的东西。三个小时过去了,或也许只有三秒。

然后我们像被一根绳子操纵的木偶同时扭头面向前方，太阳躲进了云层后，我怔怔地坐在那里，他的笑在我的眼睑后用慢动作回放。

玛尔塔——我最铁也是唯一的姐妹淘，曾跟我讲过类似于森林业主和我之间交换过的那个微笑，但我一直以为她不过是在表现她惯常喜欢夸大和美化现实的能力。

我嫉妒她这点。我自己更倾向于认为：婴儿笑是在喘气；流星很可能是电视卫星脱离了轨道；鸟鸣充满了捍卫自己领地的威胁；而耶稣可能根本就不存在，至少当时当地不存在。

"爱情"是出于一个物种对遗传性变异的需要而杜撰出来的，否则你会只能从女性那里得到冷遇。

当然，我知道男女之间有强烈的能量在运行，卵子在那里东游西荡，只为寻找一颗合适的精子受精，一旦珠联璧合，整个机器就立即运作起来。

但是我没有料到的是：那个精子容器会露出那样的笑！我体内的卵子一个飞跃，兴奋得上蹿下跳，它拍打着，翻着跟斗，释放出疯狂的信号，"这边！看这边！"

我想对它一声怒喝："快坐下！"

我赶紧扭头，好让自己的视线从森林业主身上挪开，转而疑惑地凝视着他放在长凳上的手，他的大拇指和其余两根手指之间转动着一个沃尔沃的钥匙圈，本是无名指和小指的地方只剩下平滑的指关节。他的手上沾满了泥土，也许是汽油，手背上青筋暴露。我想去闻他的手,用我的舌头爱抚他那空荡荡的指关节。

天哪,我得离开这里!是不是成年女人一旦空巢了一段时间就会变成这样?

于是我站起身,用冰冷的双手抓起包,开始跑,穿过墓地和低矮的树篱,抄最近的路往大门狂奔而去。

4

我不会算账,一切都变得越来越糟糕。我想是不是正因如此,我才一直拖着不去处理那些账单和文件。从爸爸的旧书桌上挤到地上的账单堆积如山,感觉像颗原子弹,随时都会爆炸,里面藏着什么可怕的银行来信,怒斥我如何不诚信,通知我已经触及贷款底线。在办公时间,我不敢再接电话,很可能是讨债的。

我从来就不善理财和处理文书工作,那是妈妈的强项。她过去常常坐在书桌前,咕哝有声,不时转身,眼睛透过她的一侧镜片看着我,问一些只需直接回答的问题:"种子的事处理好了吗?你给兽医付钱了吗?"

其他一切事宜都由她照看,我只需告诉她我需要多少现金。她从不问问题,甚至在我打算给安妮特买只宽边金手镯时,她也没有问东问西。我和安妮特处过一段时间,安妮特总是唠叨着她有多喜欢俾斯麦牌手链——对于她,我几乎只记得这个了。

妈妈临终前有一次对我说,我应该给农场管理机构打电话,请它来代我管理。当时她奄奄一息地躺在床上，尽管手臂上还挂着点滴，却满脑子考虑的都是诸如此类的事情。挂瓶意味着她需要便盆，她为此感到很难堪，每当护士端着便盆进来，我总是借口说我要出去抽口烟。我不忍心告诉妈妈我付不起钱请农场管理机构，牛奶的收入在日渐萎缩。

不管怎样，它也已经不叫管理机构了，如今，他们雇的全都是些华而不实的年轻证券经纪人一般的人物，哪怕是去他们的办公室都让我感到浑身不自在。

对于癌症，妈妈感到最沮丧的莫过于她不能起床做点有用的事情，化疗真的把她打垮了，然而无论我什么时候进来，她总是对我说："这种病真折磨人。太糟糕了！我恐怕你得原谅我。"

噢，她又来了，那个穿着灰色衣服的女人！她难道就没有更好的事情做？她看似还是待字闺中和父母同住，从事着一份不错的工作，一心想嫁给银行经理。看她那样子，很可能就在我欠债的那家银行工作。

她坐下了，斜睨了我一眼，就好像我是张巨额支票——真令人尴尬，但那不是她的问题。然后她深深叹了一口气，从一个花里胡哨的大提包里掏出一个笔记本，很费劲地拧开钢笔盖——那是钢笔没错吧？自从圆珠笔问世后还有谁会用钢笔？——她开始写什么，写得很慢，蝌蚪似的细长小字。

当然了，我好奇得心痒痒，这个在坟前做笔记的女人到底是谁？她是不是每和一任丈夫结束都要做记录？突然，她蹙起了眉头,我听到一声清晰的、无礼的冷哼:她发现我坐在这里看她了。为了报复她的傲慢,我试着想象她穿网眼长袜戴淡紫色尼龙假卷发的形象:白面粉一样的酥胸,用力挤出的深乳沟,一对奶子从绷紧的蕾丝漆皮紧身胸衣里鼓出来。我让她留着白色的眼睫毛和那顶上面有伞菌图案的毛茸茸的傻气羊毛帽。

这形象太好笑了,以至于我怔怔地坐在那里,眼瞪瞪地瞧着她,嘴角的弧度都拉到了耳边,她又看了我一眼——我还没来得及调整神态,她冲我粲然一笑!

这真是她吗?那个穿得灰头土脸、坐在那里敬拜一块旧花岗岩,撅着没有血色的嘴唇的女人,笑起来居然会这么好看?

像一个在度暑假或刚得到第一辆自行车的孩子?嘴咧得那么大,笑得那么开心,就像另一侧的坟墓旁边那个拎着粉红色喷壶的小女孩。

我们就这样定格在那一瞬间,两人的头灯释放出马力十足的光,谁都不让步。

这会儿究竟发生了什么?

我是不是要做点什么?是不是该说:"你经常来这里吗?今天墓地人很多,对不对?你认为那个小教堂怎么样?"

然后突然像有人拔掉了插座,我们俩同时扭头目视前方。

我们呆坐了片刻,一动不动,好像长凳下埋着地雷,接着我开始摆弄钥匙,以防自己被炸成碎片。

我用眼角的余光看到她被我的手吓到了,却竭力掩饰。我已经训练了多年,当人们开始朝我的手看时,不立即把手藏进口袋里,此刻我也没有。三根手指的班尼,那就是我,宝贝。要么接受,要么滚蛋!

哈,结果是"滚蛋",她站起身,跌跌撞撞地逃走了,就好像我要用我可怜的三根手指抓住她似的,她为什么看起来那么生气?

虚情假意的班尼又打赢了一场大胜仗,我想。

在我没完没了追求女孩的那些日子里,结果总是这样。我的老二是我的指挥棒,它指引我去哪里,我就去哪里,而它就像根占卜棒,总把我带到女孩子们身边。我只需抓紧它,跟着它走就行了。去露天舞会,去冬天有人跳舞的某个地方,就算有时候要进行长途跋涉也在所不辞。沉闷的大厅,里面挂着条形的荧光灯,白天当地学校用它作健身房,晚上戒酒协会用来开会,然后在周五和周六,他们给荧光灯包上绉纸,带来一支跳舞乐队,那里就成舞池了。我很少开车去城里参加这些聚会,部分原因是我知道我已经落伍了——当人们开始将帽子前后反戴时我就意识到了——也因为男女那样分开站着轻轻摇晃身体,对我来说毫无意义。我只想把女人抱在怀里。我觉得用手臂揽着刚认识的女孩的腰,带着她在舞池里翩翩起舞那才叫棒,那感觉就好像每次买彩票都会中。她们身上的气味真好闻,我觉得她们个个貌若天仙。我爱她们中的每一个,当一支舞毕,我不想放开她们。我根本不想费劲盖过乐队的声音,和她们说点儿什么,我只想抱住她们,闻她们的气味，闭上眼睛，在舞池里滑行。

我从来没有想过不是我想要什么就能得到什么。在高中的最后一年，我屁股后头总是跟着成群的女孩，女孩子的课桌上到处都写着我的名字，但自从我接管农场后，就鲜少看到女孩了，而且也没有注意到时光如流水，一晃多年。我没有意识到自己多久没有恋爱了。

刚开始的时候都很好，我想要怎么转就怎么转，大部分女孩都会及时收脚，躲过我的霹雳腿。有时候她们做得更好，她们无法抗拒地随音乐移动，我们似乎是在自动跳舞，那感觉真是棒极了。当舞一结束，她们就开始对我侧目而视，我站在那里直勾勾地看着她们，面带傻笑，却从来不会说"你经常来这里吗？……你认为乐队怎么样？……今晚这里很挤……"诸如此类的话。我对闲聊并不反感，闲聊能让人保持友好的心境，可惜我根本不擅此道。跳过几支舞后，有些女孩会离我而去，回到自己的位置上——女孩子们总爱聚在一面墙边叽叽喳喳，但是大部分会继续跳。

有一次我张嘴对一个女孩说："什么能让你开心？"

我们跳舞的时候我感到有点儿好奇。

"让我感到什么？"她大声喊道，声音盖过了所有噪音。

"开心！什么能让你……噢，见鬼，算了吧！"我迅速地放她回到了那群女孩当中，我的耳根都红了。

但那次还不是最难堪的。有一次我和一个女孩欢快地连续跳了五支舞,她身上的气味好闻极了,第五支舞毕,我情不自禁地朝前探过身去,想都没想就在她脖颈里磨蹭。

她立即后退了三步,她该不是认为我是吸血鬼吧?我想象我嘴里慢慢长出无用的、被氟化物巩固的毒牙,它们越来越长,越来越尖,我忍不住咧开嘴笑了。看到我这副模样,她像只愤怒的天鹅一样发出嘘声,脚跟一转,把我独自晾在那里。

后来我碰巧在门廊上站在她身后。"那个喜欢讨好的家伙到底想干什么?"她的朋友问道。"大概是喝多了,屁都不放一个,就会一个劲咧着嘴傻笑,像个白痴。"她说。

讨好的家伙,这个称谓让人想起丝质衬衣和过多的须后水。某个太着痕迹的人。

讨好的班尼,一亮出他秒杀的微笑,人们就吓得抱头鼠窜。她该不是也因为这个才逃跑的吧,那个穿得灰头土脸的女人?

但是,好吧……她笑了,不是吗?

5

> 日复一日
> 和破碎的镜子
> 以及怀恨在心的处理违章停车的女警察
> 面对面

读着那年秋天我在蓝色笔记本里做的简短笔记,让我想到我也许抑郁了,是从临床意义上讲。

上班的时候,我在员工室里歇斯底里地开玩笑,喜欢看人们笑到睫毛膏脱落,然后一切会在瞬间回复正常,而只有我最陶醉其中。

而当我下午下班,拎着消费合作社的购物袋回到家,我总要确保有足够多的活动让我保持忙碌。我将刚买的蔬菜在丹麦制的瓷盘上摆放成静物画,给发芽的种子浇水,精心挑选某首疯狂度适中的歌剧咏叹调,把音量开到最大,在浴室里点亮蜡烛,洗个长长的热水澡,让香薰灯的薰衣草香气慢慢注满白色的房间。

秋天，我沉浸在自传和系列奇幻小说当中，最好它们有麻醉作用——就好像进入了另一个世界。当它们突然结束时，我会躺在沙发的一头，身体虚弱，颤抖不止，就好像船只失事后被冲刷上海滩一样。那些自传和奇幻世界问我：你为什么活着，生命从何而来，如此脆弱，如此难驾驭，如此短暂？

晚上我会梦到各种答案，在其中一个梦里，我化身为一个女神，我在一个光影的方格中移动，从我的手指生长出各种形状的生命：繁茂而肥厚的匍匐植物和圆胖的孩子身体。

其他日子似乎大部分都是雨夹雪，无止境地等待公车的到来。我增加了我的养老金份额，写了份遗书，并留下了我的葬礼指示——既然厄尔扬选择了那个殡葬礼仪师，那么我也能。在像那样的日子里，我将收据分门别类放进不同的文件夹，买了宜家存储箱，将所有的衣服都装了进去，将旧照片装框——那些照片不比去年枯死的、沙沙作响的树叶更有意义。

我自慰得很频繁，我幻想的男人都是高大魁梧的类型，结实的下巴，长着老茧的双手，下巴以上没有脸。

玛尔塔是我的救生工具，我人生的依靠，她来的时候会长驱直入，直接冲进我浴室里，手里挥舞着两张电影票，直到我坐起身子，吹灭枝状大烛台上的蜡烛，和她一起去。之后我们会回到我家，一人占据沙发一头，兴致勃勃地回顾我们日常生活琐碎的细节，以及人生的意义。我们泛泛而谈，从她神经过敏的老板最近的新把戏到有关圣奥古斯丁[1]对女人看法的一篇充满激情的评论文章。

玛尔塔周身散发着一股面包、科隆香水和小雪茄的温暖气息。她时断时续地和罗伯特同居,罗伯特是她"最大的激情",有时候当他因神秘的公差离开时,玛尔塔和我就会聚在一起共喝一瓶白波特酒,然后她会在我的沙发上度过一夜。第二天早上,我们会顶着一头垂头丧气的头发,吊着吓人的大眼袋,安静地低声争吵。玛尔塔穿着厄尔扬的黄褐色旧浴袍,我始终不忍心丢掉它。我们不止一次叹息我们不是同性恋——我可以想象自己和某个像她一样的人共同生活,她也经常发现罗伯特令她无法忍受。

一天晚上,我跟她讲了森林业主和他那莫名其妙的微笑。她顿时在沙发上坐直了,舔了舔她的食指,然后举起来检测风向。

"空气中有什么东西!"她开心地说。

---

[1] 354—430,罗马帝国基督教思想家,早期基督教教父及哲学家,曾任希波勒吉斯地区(现阿尔及利亚)主教(396—430)。著有自传体作品《忏悔录》(397)及长篇作品《神之城市》(413—426)。

6

孤独的生活——没有家庭和孩子——如果你碰巧是一个拥有好几英亩耕地和森林的农民，那或许这对你来说意味着更多。

你为谁种那些要花三十年才能成熟到足以伐掉的树？你为谁休耕土地，好让它的养分不至于被榨干，遭受长期损害？

谁来帮我把收割的干草收进去？

我试图把注意力集中在每月的牛奶检测结果上，每次的数据都更喜人，产量都更高，细菌感染都更少。我计划改善施肥系统，更新挤乳间，买一个新容器。我买了一台片式（串联）安装的新拖拉机，倒不是我真的需要，而是因为我想让自己相信，至少我生活中有些东西变得更好了。

我在户外农场上每天工作到深夜，尽管这听起来也许毫无意义。我不愿去面对房子里那浓缩的、空洞的寂静，它散发出一股淡淡的腐烂和令人不舒服的气息，于是我挑了某个星期的中间某天，开车去城里买了一台黑色的，状似雪茄的怪模怪样的收音机，将它放在厨房台面上。

从那以后，每晚回来，在去冲澡前，我都会先打开收音机，调到一个商业频道，把音量开到最大。收音机里飘出的兴奋的声音让我感觉到，其他地方的生活至少还在继续，会有小股音量流进我那破烂不堪的旧厨房里。然而我依然舍不得丢掉爸爸为庆祝他们五十周年结婚纪念日给妈妈买的那台棕色的胶木收音机，有时候我甚至开着它却把音量调小，因为它发热的时候，猫喜欢躺在上面。

我将所有的衣服放在一起洗，结果衣服都蒙上了一层灰色。我不时会浏览《农夫》杂志的家庭版面，看到人们在前门廊上装上了漂亮的木雕或自己亲自动手灌香肠。谁会关心前门廊看起来什么样？那不过是你踢掉靴子，放空啤酒箱的地方！至于香肠，你只需周末去一趟消费合作社，两秒钟就能搞定。

我模糊想过要把旧冰箱里的东西清理掉，那里面的一些东西也许自己都能长脚走出来。里面有罐装的果酱，贴着妈妈手写的标签，顶上覆盖着一层厚厚的软毛霉菌。但把它们扔出去就好像把她扫地出门一样。

当然，去夜校上课能结识一些人。全国农场主联合会分管我们这一块的分支机构开办了一个主题为"如何让你的农场盈利"的学习研讨会，但它立马变成了"如何让你的农场烧钱"的学习研讨会，因为那似乎是最能赚钱的选择。我连续去参加了几场，见到的几乎全都是我在农产品供应公司戈塔·尼尔森拖拉机公司和联合会举办的圣诞晚会上遇到的熟面孔。

不过在聚会上，他们都有妻子相伴，我会和他们的妻子跳跳舞,手不安分地在她们身上乱摸。有时候,有些人的妻子禁不起我的揉捏,会变得呼吸沉重,扭动起她们的骨盆,这让我会不自觉地朝她们丈夫的方向焦急张望。晚上晚些时候,我们这群男人会走到后面去喝几杯自带的酒,我们会讲农夫女儿和旅行推销员,以及挤奶女工对农场工人打情骂俏的笑话。有时候我们变得多愁善感起来,说我们手里的土地只是暂时交给我们托管,我们从中什么都没有得到。

然后派对就结束了,已婚夫妇会和彼此跳最后一支舞,而我们其他人则站在门口,为粪浆或欧盟争论不休,然后总有某位有个头脑清醒、要赶早起床去医院上早班的妻子,他们会让我搭顺风车回家。如果我不是喝得不省人事,我会对抱紧过的某个女人想入非非,而内心深处我却一直想着明天早上要六点起床,因为我请不起帮工。

我想,这会儿他们应该都回家去了,他们许多人,回到了他们前门廊上装着漂亮木雕的房子,去把睡意蒙眬的孩子送上床,到了早上,她也许会给他煮浓咖啡帮他提神,然后发点生面团来灌香肠。我活着究竟他妈的是为了什么?

我不羞于承认,我甚至给那些邮购新娘机构写过信,让他们给我送个不满意可以退的菲律宾女人,但是当我拿到他们的小册子时,只看到肮脏的复印件上脏兮兮的黑白照,令人作呕。我突然好奇那个墓地上穿得灰头土脸的女人如果看到我浏览这份小册子会怎么想,我这辈子从来没有这么消沉过。

7

针对社会个体实行的

停车计时器

保质期

和付款最后期限

有一段时间,我不愿意去厄尔扬的坟墓。我对自己说,天气变得越来越冷了,你不能坐在那里,否则会患卵巢炎。我们冒个险吧,我的卵巢说。我们都想再看一眼那个森林业主。

一天,在图书馆年度预算大会中途我站起身,径自朝墓地走去。

森林业主自然不在,不管怎么说,如果他换身衣服,摆出一副吃人面孔,我不确定还能否认出他来。

而另一方面,那个微笑我是认得的。无论在哪里。

我为厄尔扬——我的棕皮肤、帅气、好心眼儿的厄尔扬感到难过。想想看,如果某人坐在你坟前,满脑子想的都是其他事,你会怎么想。不过,如果换作是我躺在地下,厄尔扬坐在这里,我敢打赌他会随身带着他的双目显微镜。

甚至在我们结婚前,我对他的疯狂爱意就已经结束了。它像晒黑的皮肤褪色那般快——谁会注意到是什么时候发生的?但是它又不同于晒黑的皮肤,它一去便再不能回来。婚礼前有段时间,我想到远处我永无机会得见的,或至少和厄尔扬在一起永无机会得见的广阔蓝色天地,我便感到痛苦不堪。

那时我问了玛尔塔许多问题,我们喝了好几壶茶,一直聊到凌晨三点多。

"我的意思是,你这辈子不可能一直处于疯狂的恋爱中,是吧?激情会慢慢变成爱情,变成某些能依赖的更实在的东西,对不对?那种像温暖的友谊一样的爱,再加上性。"我哀号了一声,大大松了一口气,我很吃惊,她居然没有吐在我的大腿上!她的浴室里收藏着很多书,全都是有关爱情问题的建议,所以紧急时你大可以从中撕下一张。

"想要说服自己很难,嗯?"她只是淡淡地说,一副漠不关心的样子,眼睛从她那好像永远也抽不完的香烟上瞪过来。玛尔塔坚守聆听自己心声的原则。

"厄尔扬很完美。"我固执地说。

"是根据消费者研究的结果吗?"玛尔塔嗤之以鼻,"在二十五到三十五岁年龄群的所有男人当中选出的最好的?这样的男人真的存在吗,或他只是个样本?你有没有检查看看他是不是充电的？你知道的，如果你听到他的耳朵里传来轻微的嗡嗡声……"

那之后不久，罗伯特——她"最大的激情"——卖掉了她的车子，用这笔钱去了马达加斯加，没有带上她。玛尔塔得知后大惊失色，她一度恨他入骨、黯然落泪，然后疯狂地工作，每晚睡前多恨他一点儿，很快，她重新变得泰然自若。他回来时皮肤晒得黝黑，看起来精神十足，不到三个星期，她重新向他张开了怀抱。

据我所知，情况就是这样，如果远方广袤的蓝色天地只有罗伯特这样的货色，玛尔塔，你就留着吧。

于是我满心欢喜地步入了婚姻的殿堂，六个月不到，我们的婚姻就变得像旧拖鞋一样舒服。我们完全同意分摊账单和家务活；为同事举办聚会，用瓶子装希腊黛美思牌和保加利亚羊奶干酪；我们将拍卖来的家具粉刷一新；为彼此从报纸上剪下有趣的文章。

我们在双人床上进行的活动有点儿问题，我们倾向于将其归咎为我童年的时候没有得到充分的感官爱抚。厄尔扬尽量把前戏做足，他在前戏上花费的时间从来不少于半个小时，可是我依然干得像粗糙的砂纸，但我们依然斗志昂扬地用力摩擦着彼此。

当然了，我从来没有真正搞懂过厄尔扬。

尽管他努力向我坦陈一切——如果我问，他一定会高兴地回答任何我想知道的问题，从他的政治观点到他母亲的娘家姓。但是……

"图片中的人和文章没有关系。"你有时候会在报纸上读到这句话,一言以蔽之,这句话用来描述厄尔扬再合适不过,究竟为什么,我也说不上来,于是我不再问。

他问的也不多,如果他问了,他的脸上会写满了"不过是兴趣使然",于是我也懒得回答,他似乎并不着恼。

谈论那些接受完暴风骤雨般的婚姻咨询然后迅速分道扬镳的朋友和熟人最让我们感到亲密无间,我们喜欢坐在那里悉数他们所有的过错,有时候我们甚至会激情澎湃,直接钻进上等的时尚羽绒被下大干一场,每每这时,我发现自己下体不像往常那样干涩。

然而,无论厄尔扬多么卖力地在我的性感带耕作,我的卵子却从来没有兴奋得打滚。

墓地的长凳冻僵了我的屁股,于是我站起来往回走。今天森林业主没有来,哈!我此后两次来也没见到他。

第三次,我正出去时,在墓地大门处撞见他进来。他拿着一些冷杉嫩枝,一个装饰着塑料百合花的小花圈,还有一盏墓地灯。当然了,今天是万圣节!他朝我点了点头,神情严肃得像个老校长,就好像他在问:"嗯?你墓地上灯装好了吗,年轻的小姐?"

我想起了玛尔塔和她的"最大激情",一切就是这么开始的吗?发现自己情不自禁地去并不想去的地方,双脚和卵巢开始不受管束，闹独立？

装着塑料花的花圈！厄尔扬会觉得非常滑稽——是的，厄尔扬会笑死！

接下来一周我没有去墓地，我的双脚和卵巢都需要各就各位，其他想法和行为都太荒唐。

奥洛夫是我们的图书馆馆长，新近离婚，他问我想不想下班后去吃点什么。我们去了一家新开的酒吧，酒吧的那种内部设计自三十年代起就在任何正宗的英国酒吧中绝迹了。奥洛夫留着男孩子气的刘海，上面稀稀拉拉有几根银丝，每当他因为什么兴奋时，刘海便会垂下来遮住他的眼睛。他双手白嫩修长，做出的动作优雅动人，我想这个习惯是他年轻时在索邦神学院学习时养成的。

我们享用着印度烤肉串，我喝葡萄酒，奥洛夫喝浑浊的比利时啤酒，酒精让他热情奔放，他不停地甩动着刘海。我们谈起拉康[1]、克里斯蒂瓦[2]和格列高利圣咏[3]，之后我们回到我的住所做爱。感觉真的很不赖，毕竟我很久都没有做过了。

---

1 Lacan，法国精神分析学家、作家，著名的后结构主义者，他从结构语言学和人类学的角度重新阐释了弗洛伊德的心理分析学说，尤其是无意识理论。

2 朱丽娅·克里斯蒂瓦，女，1941年出生，原籍保加利亚，1966年移居法国，现为巴黎第七大学教授。其知识履历横越哲学、语言学、符号学、结构主义、精神分析、女性主义、文化批评、文学理论和文学创作等多个领域，成为后现代主义的一代思想宗师。

3 罗马教皇格列高利一世为了统一教会仪式中的音乐，将教会礼仪歌曲、赞美歌等收集、整理成一本《唱经歌曲》，共包括三千多首歌曲，后来被人们称做《格列高利圣咏》。

但是那次我的卵巢也没有起身注意。

我们起来冲澡，把剩下的法国绿茵香酒喝完，他给我看了他两个孩子的照片，非常详细地跟我讲他女儿牙齿上使用的钢丝套，然后他哭了。当他离开时，我想我们俩都感到松了一口气。

这之后几天我都没有想过森林业主，要让自己的卵巢安分下来，你显然就得这么做。在睡觉时间偶尔找个情人才能保持身体器官的正常运行。我对森林业主的兴趣只不过是缺少爱的滋润而出现的一个症状，有点像易碎的指甲显示缺乏维生素B，吃几粒药片，一切就都好了。

8

我是个失败者，实际上，我是全瑞典天字第一号失败者。我的身体将会被塞满东西，最终进入斯德哥尔摩的民俗博物馆陈列。每一次我进城都会意识到这一点，空闲的时间里我也时常想到，比如在看电视的时候。20世纪不关我的事，一点儿都与我不相干，我的形象就是这样，我也是这么想的。

我是乡下人，穿着从海伦服装店目录中随意挑的订购衣服四处晃荡。三十六岁，以我们村的标准来说，我算是大龄光棍了，那种娶不到老婆的男人。我自从在学校里夺得最佳标枪手后情况便急剧走下坡路，女人很少会多看我一眼……那都是二十年前的事了！天哪，那些好时光都到哪儿去了？当我的鼻子埋在牛奶记录里时，不知不觉中我的人生已经过去了四分之一。

然而不光是因为我的穿着让我看起来像个失败者，乡下有很多人像我这么穿，还很高兴穿成这样。这更多的是一种感觉，温和一点儿说，我越来越频繁地感觉到我有点儿悲观，不懂生活常理，我想这是因为我太长时间只和奶牛做伴的缘故。

例如，就拿前天来说吧，前天是万圣节，自从我十七岁那年爸爸死后，每年的万圣节，妈妈和我都会去墓地点亮墓地灯。妈妈总会买一个塑料松果或百合花装饰的花圈，这样一来，花圈就会一直那么漂亮，因为我们都太忙了，没有太多时间经常去墓地。而现在，她也躺在那里，我想让她也有个同样的花圈。

在墓地大门处，我又碰到了那个穿灰色衣服的女人，她警惕地看了我一眼，害怕讨好的班尼也许又会对她露出那样疯狂的微笑，于是我从她身边经过时紧锁眉头，只是短促地点了一下头。

然后……

就好像有人在我的双眼间揍了一拳。

我感到很失望，她就这么走了！好几个星期以来，我一直对自己说：能独占长凳感觉真好。但是现在我希望她坐在我身边。我想知道她不在墓地的时候去了哪里。

于是我转身，隔着一段距离跟着她，人们看到我紧抓着一个花圈和一盏墓地灯笨重地前行，感到很吃惊，尤其是我不时在停靠的车辆后蹲下来，害怕她会转身向后看。

但是她没有！她轻快地穿过半座城市，走进了图书馆。

我怎么就没看出来！她看起来就像是一直在自发读书的人。读的是大部头，小字体印刷，没有图片的书。

我在图书馆入口处犹豫不决地徘徊，即使是全瑞典天字第一号失败者也意识到了你不能挥舞着花圈和墓地灯跑进图书馆。我把花圈放在帽架上，将墓地灯放在图书借还台上，而我在咨询台问他们是否看到过一个穿着灰色衣服的女孩。

也许不到一分钟她就会拎着鼓囊囊一袋书走出来，那是她每天必读的量，但是我得等多久呢？人们已经开始向我投来奇怪的目光，瑞典天字第一号失败者只好报以班尼式讨好的微笑，礼貌地挥舞着他那盏灰色的墓地灯。别管我，我今天是从精神病院假释出来的！

我突然鞋跟一转，转身穿过城区朝墓地跑去。

不用说，这招来了人们更奇怪的目光。

他拎着个花圈这么急匆匆地要上哪儿去？发生什么事了，发生什么事了？尸体在哪里？

该死的女人！

9

> 我梦到苹果花香——
> 你在沉重的篮子下动荡不安。
> 我们中有谁对苹果
> 知道一丝半毫?

"你看起来气色很不错啊。"丽莲刻薄地说。她是我图书馆的同事。每当她自以为是,踮着高跟鞋噼里啪啦地从我身边急匆匆走过时,我总是竭力回避。她怀里没抱多少东西,但却装出极度专注的神气搬来搬去,她总是喊累,但却几乎什么都没做,反而无比关注其他人是不是在偷懒。

"当然了,"她叹了口气,把她的围巾扭成了一根麻绳。"我的意思是,你晚上和其他时候能安排出空闲时间。你能把工作放在第一位。"

她说话的语气带有攻击性,含沙射影,好像我在骗人。成年女性,没有家庭,女人中的败类。

婊子！她习惯性地将头扭到一边对我说，"既然你没有家庭，那就帮我上晚班和周日班吧。"

我刚被提拔了负责掌管图书馆青少年区，也许是因为我在过去几年就孩子提出了一大堆点子：故事时间、剧目活动、儿童图书节和儿童绘画展等。此前一直负责青少年区的伦德·马克夫人很快就要退休了，想要减少工作时间。她依然视学校使用的传统书本选集为上佳儿童文学标准，似乎很久之前便已兴味阑珊。我们经常看不到她人影，她喜欢待在下面的储藏室。我让她乏味的旧部门重新焕发生机，她高兴还来不及，因此放任我胡作非为，尽管那并不真的是我的工作。我之所以乐意为之，是因为私下里我非常喜欢孩子。

是的，只能是私下里！因为你不能公开承认，你知道的，如果你是个没有孩子的寡妇，而且即将步入三十五岁！如果我把一个孩子抱到膝盖上，我认识的每一个女人——除了玛尔塔——都会幸灾乐祸地同情我，我不想给她们机会。她们会自我安慰说至少她们有孩子，即使她们正在接受心理咨询或离异，只能做兼职工作，一贫如洗。她们抱怨孩子晚上让她们睡不好觉，和他们的兄弟姐妹打架，在车里呕吐，拒绝做功课；她们抱怨牛奶、足球鞋和骑马课程的价格太高。因为佩莱发烧了或菲亚有个牙科约会，她们不得不早起。当她们不必急匆匆赶去参加家长会或带孩子去上小提琴课时，就轮到她们去市中心进行父母巡逻了。"你加会儿班根本不是问题，"她们说，"你真幸运！"

于是时间一久，我便习以为常，经常晚上回去上夜班，处于秘而不宣的超时工作状态！我从那些活泼的画儿当中得到了许多乐趣；我组织讲故事时间，只是因为这样便可以站在那里偷偷地看孩子们专心听的模样。他们极度好奇，半张着嘴，身体朝讲故事的方向转动，好像花儿转向太阳。

我是个偷窥狂。喜欢偷看孩子。

尴尬。我们这些没有孩子的人是不该对孩子表现出任何兴趣的，这会激怒真正为人父母的人。"但愿你明白，"她们叹息道，"有时候我恨不能把他们甩到墙上。"

也许她们是出于好意。

我知道，我知道：生物钟的滴答声越来越响！玛尔塔也没有孩子，因为她的"激情"铁了心不愿再生。他一直在逃避支付他已有的三个孩子的抚养费，每一个孩子都是不同的妈生的。一次，她脸上挂着扭曲的笑说："最好国家禁止父母生孩子，因为他们不懂感激。"

然而我懂得。但我却从没有机会去清理车里的呕吐物。

"嗯，我没法做部门领导的工作，"丽莲说，"在家里我们一周至少要经历一次大灾难，毫无疑问，在我最小的孩子去服军役之前，这种状况不会停止。而你不同，你的工资还会增加，你甚至能赶上国家公园部新员工的薪资水平，并且能在你死之前付清助学贷款！而我，甚至没钱去减肥中心——但是没关系，因为我也支付不起食物的钱，哈哈！是奥洛夫推荐你的吧……"

她在将自己孩子吃不饱归罪于我的同时，也含沙射影地说我实际上是靠出卖色相才得到新职位的。很不错,丽莲!以后就别指望我周日替你的班了。

生物钟,我把它们想象成巨大的闹钟,一把小锤子在两个圆形的钟状物之间疯狂地摆动,把你惊慌失措地叫醒,让你只想前进,生育,繁殖。我好奇生物钟是否也会打盹,这样你就可以小睡一会儿,稍后再醒来?如果是这样,我会非常开心。

因为你只需看看生物钟对我做了什么就知道了。对森林业主反常的反应?就我所知,他也许有一大群孩子,全都戴着同样的"森林业主"的帽子。我能想象他们跟在他屁股后头,手里提着小铲子,列队前进。

明天是我三十五岁的生日,没人帮我把早餐端到床上来,那是确定无疑的。因为玛尔塔和她的"激情"在哥本哈根,而爸爸从来不记得谁的生日,那全都是妈妈的事。而妈妈——好吧,是的,她无论是过去还是现在都记得人家的生日,并且总是突然给人庆贺,据她病房的人说,甚至深更半夜她也给人庆贺过。尽管它们和这年的日历毫无关联。

同事都要求我请他们吃杏仁蛋糕,否则我就不能得到他们在时髦工艺品店买的陶瓷罐,毫无疑问,他们是凑份子买的。

厄尔扬过去会给我买生日礼物,有品位的、实用的、无感情的礼物。一台设计师品牌的吐司机和一个自行车头盔,有一次是一套精纺挪威衬衣衬裤。但他从没把早餐给我端到床上过,他认为我们都太紧张,会弄脏我们昂贵的鸭绒被。

10

秋耕已经结束,我今年不想在森林身上下太多工夫,只想做点修剪。这个时候我应该修理下机器,重建装肥料的水泥地基,给拖拉机的小棚屋上层漆。

但是我没有。

日子一天天过去。有时候我从牛栏回来,躺在长沙发上,盯着天花板,因为如果我朝窗外看,只会看到我没有完成的工作。有时候我读《农夫》,不仅仅是新闻部分,我也会机械地读完家庭版面的所有小广告和当地报纸上的所有讣告。做任何事情都毫无意义,很快又将是挤奶时间了。

五年前,村子里只剩下两个农民,包括我在内。跟我一样,本特·戈伦也是从他爸爸那里继承农场的,我们有些晚上会坐在那里喝啤酒,计划对奶牛实施联合牧场管理或在牧场上建一个户外挤奶间。但是本特·戈伦的姐夫是名经济学家,在地方议会工作,经他计算,那纯粹是亏本生意。然后本特·戈伦遇到了瓦奥莱特,瓦奥莱特喜欢跟团出国旅行。本特·戈伦看到海滩上招摇的汽车，深栗色茸毛的沙滩垫和人们脖子上戴的金十字架，不禁心神摇曳，眨眼间，他便卖掉了奶牛，开始和瓦奥莱特环游世界。他转而开始养菜牛，从城里找了个喜欢逃离城市前往乡村的人，每当他离开时，那人就替他照管菜牛。冬天里，他做兼职除雪工作。我再也没怎么见到他。

去年秋天，在我知道妈妈生病前，每天晚上我都把车开出去拜访左邻右舍，我是说，那些还留在我们村子里的人。年长的会用咖啡招待我，跟我聊他们的病痛；年幼的总是忙着安顿孩子上床睡觉或给厨柜重新上漆。每当他们家来了某个表姐妹或他们妻子的朋友，他们都会邀请我周五晚上过去凑个四人组，我们会吃烤麋鹿肉，喝几杯葡萄酒，有时候甚至跳舞。最终，我迟早会发现他们留下我和那个女孩单独相处，如果我喝高了，我们会出去找个地方快活，然后就结束了。今年秋天，我一次都没有在晚上开车出去过，不过人们的确偶尔会过来串门。我是个好邻居，好邻居的额头上闪着霓虹灯广告牌，这只是我的臆想。

另一天，当我去城里的银行时，我又看到了那个穿灰衣服的女人，她正往图书馆里走，但是我看到她没有带书。我突然想到她也许是那里的工作人员。然后……然后我在银行办完事，走到大街上，突然发现我套着靴子的双脚跨过了图书馆玻璃门！这简直不可思议。

阳光透过桌子上方的玻璃屋顶涌进来，我开始感到莫名地紧张，我把头歪到一边，焦虑地闻了闻外套领子，看是否沾染了牛栏的气味。

这时我看到了她，她手指着书里的什么东西，正弯腰对一个小孩说着什么，她们笑得很开心。

我穿着靴子，迈着沉重的脚步走了过去，在她的肩头拍了拍。她直起身，不满地皱着眉，当她看到是我时，她的神情既迷惑又有点儿害怕，而我同样困惑。

"呃——你好，顺便问一句——这里有关于养蜂的书吗？"我脱口而出，竭力控制自己不要露出我那秒杀的微笑。

"有，你好！"她突兀地说，"你可以去咨询台问。这会儿是我的午餐休息时间。"

天字第一号失败者镇定下来，准备发出决定性的一击。

"你愿不愿意……愿不愿意……和我一起去墓地？"

她盯着我看了很久。

"哈，我敢打赌你对所有女孩子都这么说！"她说，然后笑得像在度暑假的孩子。

从那一刻起，我的记忆出现了短时空白，但是我知道再没有什么可奇怪和尴尬的。

她拿起外套，我们便出发了。我甚至觉得连她毛茸茸的羊毛帽看上去都很漂亮，还有她帽子上的伞菌，以及其他的一切。

我们找了个地方吃午饭，我根本不知道我们吃了什么，说了什么。除了一件事。当我想为我们两人付钱时，她说："好吧，是的，谢谢。因为今天是我三十五岁生日。这就算是我收到的生日礼物。"

这让我立即意识到了两件事。

她没指望会收到其他礼物。

而我爱上了她。

我突然听到一声滴答,或和那类似的声音,这次我感觉更像无意中触到了电网。

11

　　我的日记里写满了
　　没有主人的命名日
　　和满月的承诺
　　等待着实现

　　我正站在图书馆那里，和一个生气的小女孩说话，她认为白雪公主很傻。"她继母拿着那个苹果出现的时候她居然会认不出她！真没用！"她说，我们哈哈大笑。

　　这时有人用力拍打我的肩膀，感觉像是警察的长臂，然而却是森林业主！他一如既往地穿着他那花哨的填棉刺绣夹克，但却摘下了帽子，他的额头被沾满灰尘的黄发富有弹性的卷刘海遮住了。他看起来很生气，用苛刻的语气愤怒地吐出一连串让我听不懂的指责，我想他是在抱怨我没有好好打理坟墓，过了一会儿我才意识到他是在找一本书。

　　"去咨询台问，现在是我午餐休息时间！"我怒声道。

他的脸不受控制地抽搐起来。然后他问我是否愿意跟他一起去墓地。

小女孩饶有兴致地看着他。

我突然意识到有什么事情我完全理解错了，还有更多的是我根本不明白的。

于是我们一起出去吃了午餐。他大快朵颐地吃了许多炖菜、甜菜根和面包，喝牛奶时偶尔会发出喷喷声，但我只是坐在那儿，沐浴在他温暖的微笑里。摘下帽子后，他的脸因专注而焕发出生机，他看起来并不乏味，也不像是已过中年的样子，只是非常真实。他的头发令人着迷，无法用言语形容。

我们欢快而随意地东拉西扯，没有说一句关于克里斯蒂瓦和拉康的话——就我所能记起的，我们谈论了圣诞老人，浇铸黄色混凝土彩旗的不同阶段，圣彼得大教堂和大趾甲。他的理解力很强，跟他谈话简直就像是心有灵犀。

我告诉他说今天是我的生日，不知为何他似乎知道我没有收到任何礼物。

"你跟我来！"他说着戴上了帽子，用一种决断的、男子汉的方式帮我穿上外套。然后他快步把我带进了多莫斯百货商店，开始给我买生日礼物。他根本不征求我的意见，每次下定决心要买什么时只是让我闭上眼睛。我们逛过全部三层楼，最后去了咖啡屋，在那里点了些蛋糕。

他将所有包装好的礼物都小心翼翼地放在桌上，充满期望地看着我。我带着丝毫没有伪装的急切将它们一个个撕开,一声声惊叫道:"噢噢噢!""哇哦!""你不该买的!"

在商场第一层他给我买了一对米老鼠耳环,一块蝴蝶形的肥皂,还有几条淡紫色的紧身裤。在第二层,他给我买了一个亮闪闪的红球,一张海报,海报上一对恋人手挽着手,站在一个巨大的贝壳里,在大海上驶向太阳升起的地方。还给我买了一顶帽子,像他自己戴的那顶一样难看,只是上面没有"森林业主联盟"的标志。

最后一个包里是一个口琴。

"你会吹口琴吗?"他问道。

我摇摇头。

"太好了!我也不会!我就知道我们肯定有什么相通的地方!"他欣喜若狂地说。

当他正准备用叉子去戳他的第三块蛋糕时,他的整个身体突然僵住了。我看到了手表上的时间。

"我得走了,"他喊道,"我早就该回去了。"

说完,他一跃而起,将纸和礼物弄得到处都是,然后大踏步朝电梯走去。他正要踏进电梯时突然转身。

"你叫什么名字?"他吼道。

当我回喊道"德西蕾——蕾——蕾!"时,我感到自己真像傻瓜,周围顾客的下巴都掉进了他们的购物车里。

"什么——么——么?"我听到声音从电梯传来,但是他人已经不见了。

"你是灰姑娘,"我对着蛋糕喃喃自语,"你最好抓牢自己的靴子。"

回到图书馆时,我已经迟到了三个小时,也没有买杏仁蛋糕,图书馆员工室里弥漫着一种奇怪的气氛。

12

花了我不少钱。不,不是那些礼物——而是当我迟了一个半小时回到牛栏挤奶时,所有的奶牛都对我怒吼。它们吃光了饲料,躺在大便里,异常焦躁不安,以至于我花了好几个小时才把它们安抚下来。直到后来打开洗衣机,我才意识到我把一头刚刚注射过盘尼西林的奶牛身上挤出的奶和其他好奶掺和在了一起,装进了同一个罐里,这只能带来一个后果:我不得不把二十四小时内挤出的牛奶产品统统扔掉,这会让我损失几千克朗,我根本负担不起。除此之外,我还得再花几个小时将受污染的牛奶清理掉。但是一切都值得,这是确定无疑的。

我唯一一次闯过这种大祸还是在我十五岁的时候。妈妈当时在做家政服务工作,因此我通常要在下午放学回来后挤奶。那年我们有一个大型的年终考试,我很担心不能取得好成绩,于是边挤奶边想着定律。这种事是做不得的,爸爸过去常说,农民一天的每一分钟都需要像战斗机飞行员一样警觉,否则他们会发现自己躺在一辆飞速奔跑的拖拉机下或肚子被一个喇叭刺穿了,或他们用动力锯割伤了自己的大腿。我们那次不得不扔掉七百升牛奶，爸爸走过去将头扎进水槽里，但是他什么都没说。我知道他这辈子都在埋怨自己，因为我四岁时被圆锯割掉了手指。

我在数学上的好成绩并没有给我带来多少好处。爸爸死后，我辍学回来接替了他的工作。妈妈不想的，她说，尽管农场是她祖祖辈辈传下来的，但她宁愿放弃它。一个夏夜，当我看到她坐在屋前巨大的花楸树下，手臂环抱着树干，眺望着野草蔓生的河岸时，我便下定了决心。

我的老同学过来看我时我感到糟糕透了，我开着大型拖拉机轰隆隆地驶进院子，穿着我那双钢盖牛栏靴跳下来，将正在咀嚼的鼻烟吐得四处飞扬。在爷爷的帮助下，我们好歹还能维持，他死后，来看我的人越来越少。我想：他们厌倦了每次来看我时我都在外面干活儿，哪怕他们真来看我了，我所谈的也全都是动物尸体的重量和木纸浆的价格。我明白他们的感受。

对了，是时候穿上袜子了。去检查看看有没有奶牛发烧——一旦有奶牛发烧我可负担不起。我还得趁着耙子没有完全塞住，将它清理干净。给兽医打电话。明天去银行，我不善记账。柴火也快烧光了。

房子里冷得像地窖——去牛栏前我没时间点炉子。得再过一个小时我才能冲个澡。明天早上第一件事是去砍柴，然后去看奶牛。这样一来，我做完早上的挤奶工作后就可以冲个澡，因为我要再去城里找她，就是这样。不，该死！明天我还要让给牛授精的技术人员和兽医过来,我从来不知道他们什么时候会来。该死!

我也没空买食物。我八百年前打开的那罐鲱鱼也许已经不是人能吃的了,如果我晕倒,死于罐头食品中毒,她绝不会知道!因为她不知道我的名字!她是否会想我为什么都不和她联系?

但是我知道她的名字,这就行了!至少我知道该怎么做。我手里抓着一块早已受潮的薄脆饼干和即将过期的黄油,开始在电话簿上查找沃林这个姓。

一共有八个人,但都不是女孩子的名字。有个叫D.沃林的,住在科菲迪斯特路——她喊名字的时候我没听清,但像是以"D"开头的。只有全瑞典天字第一号失败者才会给一个不认识的人打电话,要求和"一个名字以'D'开头的人"说话。

我周五会开车赶过去吃午餐。

啊!周五——我还要进行牛奶测试,牛奶的记录员会来。该死!

第二天早上我在客厅的沙发上醒来,手里拿着一块吃了一半的薄脆饼干,脸上贴着一个咧嘴傻笑。

13

　　骑士从马上掉了下来

　　图腾柱被虫蛀得破烂不堪

　　蒸汽机必须不停地重新改造——

　　只有日出一如既往

我一回到家，便踢掉鞋子，跳到沙发上，取下了一张凯绥·珂勒惠支[1]的复制品。那是一张木炭素描，上面是一个神情疲惫的女人在哭泣。那曾是厄尔扬的骄傲和快乐。然后我把那张贝壳中的恋人海报钉在了墙上。

接下来，我脱掉了裙子，戴上了那对米老鼠耳环，穿上了淡紫色的紧身裤，倒了杯香料热红酒（冷的），为自己干了一杯。那是我公寓里唯一的酒。

整个晚上我都穿着这一身，试着在口琴上学吹《铃儿响叮

　　1　原名凯绥·勒密特（Kaethe Schmidt）（1867—1945），德国版画家，雕塑家。

当》，任由思绪漫游。最后我走进浴室，洗了个长长的热水澡，在水里到处拍打那个红色的球，用蝴蝶形的香皂轻抚我的肌肤。

这个生日不算是最糟糕的！

就在我即将沉入梦乡时，电话铃响了，我首先冒出的念头是：他怎么知道我的号码？但结果却发现是玛尔塔从哥本哈根打过来的，她祝我生日快乐，并说她很抱歉没能早点儿打电话给我。她和罗伯特因为说不清的原因被带进警局问话，她没法详细跟我说，因为她还在警局里。我回答她的话时心不在焉，最终被她发觉了。

"这么说发生了！"她说，玛尔塔的直觉像猎狐狗一样敏锐，至少在事不关己的问题上是如此。

"我遇到了隔壁的男孩。我是说，隔壁坟前的那个男人！"我咯咯地笑出声来。

她一时惊住了，然后我听到有人在用丹麦语喊着什么，然后电话就断了。

周四他没有来图书馆。我把一托盘索引卡掉在了地上，不小心删除了一个重要的计算机文件。

周五他也没有来。我在吃晚饭的时候摘下了那对米老鼠耳环，丽莲说如果我不介意她就实话实说，她觉得它们很好笑，不是我的风格。我也大笑说这是一个孩子送给我的礼物。

这谎话可以说是真的。

周五下午三点左右，奥洛夫把电话话筒递给我说："有人想和沃林小姐讲话，我想那是你。"

我的胃一阵抽搐，就好像吃了什么不合胃口的东西。我抓着话筒的手指不停地打滑。

"是的，你要找德西蕾·沃林吗？"

"德西蕾？"他说。他的语气透出一股浓重的地方口音，所以听起来很像是"得兹雷"，但显然是他，我现在听出了他的声音。

"我名叫班尼，班尼·桑德。我只不过是用沃林这个名字碰碰运气，我是在碑石上看到的。"

"是的。"

"你明天能见我吗？在墓地大门口，大约一点钟。"

"可以。"我又用一个词回答，简直是脱口而出。

电话那头突然一片沉寂。

"我现在会吹《铃儿响叮当》了。"我说。

"那么把口琴带来，你可以教教我！"

"墓地允许吹口琴吗？"

"那里的人好像不太爱抱怨。然后我们去吃点什么东西。我这两天都食不下咽。"

"我也是。"

"那好！"他迅速挂断了。

奥洛夫仔细观察我。任谁听到我最后说的话肯定都会觉得很奇怪。然后他哀伤地笑着在我的脸上拍了拍。生活已经教会了他许多,每当看到一个为情所困的年轻人时总能辨认出来。

我把一盒子光盘掉到了地板上,弯腰去捡时猛地坐到了地上。我大笑不止。

14

我找不到干净袜子，水泵也罢工了，所以没有热水，十分钟后飞奔到墓地大门时，我知道自己浑身散发着牛栏的臭气。有时候，就像你去村子里的商店一样，直到你发现人们对你避之不及时，你才想起自己还穿着工作服。他们也许会以为是你在放臭屁，现如今没有多少人能辨别出平常的牛栏气味了。

"我身上有牛栏味，因为我是个农民，"我还没来得及打招呼就赶紧一口气澄清，"二十四头奶牛，外加它们的小跟班，"我上次甚至连这个都没告诉她。"……还有几头羊。"我补充道。我神态羞怯，一边和她保持距离，待在下风向，一边眯着眼看她。

她先是盯着我看，然后她那夏日假期的微笑慢慢在整张脸上荡漾开来，"小跟班是什么意思？"她问道。

我们决定有必要去游泳池一趟，在路上我告诉她小跟班的意思是小牛犊。我租了一条难看的深蓝色泳裤，买了一小袋洗发露，把自己好好擦洗了一番，然后我们在游泳池边会合了。她把她淡金色的直发编成了一个湿漉漉的状似小香肠的辫子，我差点儿认不出她。

当然，她的泳衣是灰色的。她很瘦，甚至可以说骨瘦如柴。如果不是她胸前隆起的那两个小山丘，你会很容易将她归入"十四岁到十六岁男性"的范畴。然而——她的苗条更像是灵缇犬而非女性受害者——她的举止高效而又节省体力，当她一边说话一边用她那苍白的手掌在空中作画时，我看得入迷。

我想起我一直都喜欢明亮的色彩——我喜欢丰满的女人，甚至一叠叠的赘肉也好，可以很舒服地用力捏一把。我觉得即使我的手够得到她那两颗"小李子"，也顶多只能用上我的指甲。

我曾经养过一条柯利牧羊犬，是母的，我千方百计让她和一只同种公犬交配，那是一条真正的纯种狗。然而那条母狗却爬到了墙上，疯狂地想要逃走——她坚决拒绝和那条公狗在一起。几个月后，我看到她安静地站在那里，让一只挪威猎鹿犬趴在她身上为所欲为——那是一条拉布拉多杂交种。

我根本预料不到这种事是怎么发生的。

我们游了几个来回，在健身脚踏车上进行了一场比赛，然后我们去了一家咖啡屋，从他们干巴巴的松脆杏仁蛋糕中各自选择了自己想吃的。我们一直说个不停——当然，大部分时间都是她在说。

中途我感到她的脚顺着我的小腿肚摩擦，她变得语无伦次，不知道自己在说什么。孩子们的喊叫声、尖叫声在游泳池里回荡，伴随着我耳朵里急速的跳动声，我不得不用毛巾盖住大腿。我们用脚碰来碰去地玩了会儿调情，我想把视线锁定在她脸上，但很困难。我只能看到她的嘴在动，根本没听清她在说什么。

她突然抓住我受过伤的那只手，开始轻轻地啃那些没有手指的指关节。我坐在那里，仿佛被电击了一般。

"我们去我的住所吧。"她说。

于是我们去了，去了她那白灰相间的公寓。

我至死都会记得那天。

她开了门锁，将游泳用具扔到一个角落里，外套扔到另一个角落里。然后把脸转向我，脱掉了她那淡蓝色的T恤，将头侧向一边。

我边脱牛仔服边慌张地四下打量，然后突然变得浑身无力。我感觉就好像在中央图书馆宽衣解带似的。

"那些该死的书架让我很紧张！"我喃喃道。

"那个是新的！"她咧嘴笑了，又把我光秃秃的指关节抬到她唇边。

然后我们做爱了，连续做了两次。谈不上有什么技巧——但很难停下来，我们就像在一条畅通无阻的轨道上高速行进的列车。

第三次，我在她耳边含混地说："现在我们是两条套牢在彼此身上的狗，只有等人给我们浇一桶水，我们才能放开彼此！"

于是我们开始在公寓里蹒跚而行，身体还套在一起。她煎鸡蛋和熏火腿时我就在她身后，插在她身体里。她在她身前和我背后绑了条围裙。

我们像八条腿的原始动物一样一起去冲了个澡。

我们考虑用条被单把身子包裹起来,去楼下买份晚报,把人们吓得精神错乱,于是我们开始训练步法。但是我们还没裹好被单,她的双眼便失去了焦点,瘫倒在客厅地毯上,嘴里不停说着什么乳房上出现了红斑。我始终没搞懂她在说什么。

唯有这一次我不必去看表,因为我说服了本特·戈伦帮我挤夜间的奶,但是我还要考虑明天早上的事情,哪怕是离开她一分钟我都无法忍受,于是我邀请她跟我一起回去。

我们第四次交合时,我才有空感受她把我往她身体里挤,她那里的肌肉像挤奶女工在山地牧场上干了一整个夏天的手一样紧实。

她用鼻子蹭着我。

"你觉得我也能学会人工挤奶吗?"她呢喃着问道。

15

　　爱，可以让别人变成白鸽、
　　瞪羚、猫咪，或是孔雀——可是，我，
　　颤抖的，潮湿的，透明的我——
　　是你的一只水母。

　　厄尔扬和我过去常常一起读《性爱的欢愉》一书。我们用香油给彼此按摩，然后尝试千奇百怪的各种姿势，甚至连一个奇怪的椒盐卷饼姿势也没有放过。我经常假装高潮，不是为了让厄尔扬高兴，我不得不承认——我有时候实在无法继续下去，而他不达目的誓不罢休。实际上他对待自己的研究也是这样——每每他提出一个假设，便绝不会放弃，一定要证明为止。

　　但是他肯定在什么地方看到过，女人在性高潮后乳房上会出现红斑，当我的乳房还是一如既往地粉白时，他会恼怒地皱起眉头，看样子又要重新来过。我尝试着找借口说我缺乏色素，但这促使他开始长篇大论地谈起色素沉着和神经刺激之间的区别，直到我筋疲力尽，去见周公了为止。

我想我只是天生性冷淡。

其实不然。

我从泳池的女更衣室出来，眯着眼挨个打量游泳者，刚开始我没有认出森林业主。我寻找他那笨重的步伐和那个有耳罩的帽子，然而一无所获。然后他突然出现在我身边，他穿着租来的泳裤，臀部很窄，肩膀宽厚，手臂结实，血管像扭曲的绳子。脸和下臂晒得黝黑，身体的其余部分则像铅笔一样粉白。那灰蒙蒙的黄发变成了湿漉漉的金褐色卷发。

当我在咖啡屋用我的大脚趾摩挲他的小腿肚时，他难为情地笑了笑，用毛巾盖住了大腿。我没有错过那一幕，我的卵巢开始翻跟头，我恨不能立即带他回家去。

当然，在家里和那个男人共度午后时光的依然是德西蕾·沃林，我的意思是，我的身份证号码、驾照以及胎记和那天早上没有什么两样。但我却不是同一个人，也许那是突然出现的精神分裂，你在周日增刊上看到的那种。

他不仅弄得我晕头转向，而且让我的脑袋眩晕了好多次，它差点儿都脱落了，我不得不像把气球系在绳子上一样托着它，而我的身体却在不停地蠕动、翻滚，一个小时接着一个小时。当那些红斑赫然出现的时候，我甚至还有空想到了厄尔扬。

看书上所有那些五花八门的做爱技巧有时候让我哈欠连连。概念全都一样。但是当它们真正发生在你身上时，感觉就好像爆发了里氏九级地震,我只需再次回味那种眩晕感。

黄昏时分,我们都浑身通红,肿胀,身上好几处疼痛难耐。他邀请我跟他一起回他家去,于是我将牙刷和洗发露塞进了一个包里。

我没带睡袍,但是我戴上了他送给我当生日礼物的那顶帽子。他有一辆巨大笨重的小汽车,像是卡车,我不得不挪开一吨重的铁屑才挤到他身边。路上我们在一家加油站停了一下,买了一大块奶酪和一条长法棍面包,他含糊地指了指避孕套,我摇了摇头,在玻璃窗上凝结的水汽中画了个宫内节育环。它还在我体内,我留着它作为对厄尔扬的纪念。

当我们到达他的农场时,天已经完全黑了,因此我实际上看不太清周围的情况,但它散发着令人安心的田园气息。房子很大,是用旧木搭建的,被粉刷成了红色。我跟着他从前门进去,走进大厅里,然后他消失在了牛栏的方向,他要去完成夜间的最后一次检查。

甚至连室内都有轻微的乡村气味,实话说,不太怡人,混合着霉菌、酸奶和湿狗的气味。

因此,和他的房子进行第一次亲密接触时,实际上只有我一个人,这显然是一大遗憾——我本可以牵着他那只温暖干燥,只剩下三根手指头的左手完成这个过程。因为毫无疑问,这里就是那个去祭拜那块毫无品味的碑石的男人居住的地方。

我从厨房开始。天花板上挂着一盏长条状的荧光灯,里面还有几只死苍蝇。墙壁是浅灰蓝色的,而且很显然过去五十年都是这样,有些地方蝇屎点点,其他地方则挂着十字绣,上面绣着"只有把家打扫干净,才能在闲暇里过得舒坦"之类的字样,还有几幅画儿:鲜橙色的小花装在棕色的篮子里、小猫、蓝山雀和红色小屋等,窗台上摆放着一排小盆栽,像五十年代古色古香的黑色花瓶里插的沾满灰尘、永不凋零的塑料花一样死气沉沉。一条厨房椅上铺着一张肮脏的碎呢地毯,一条擦拭杯盘用的抹布,铺着棕色花布坐垫的骨背木椅。冰箱年代久远,自成一体,边角磨圆了,顶上放着一只陶瓷鞋,里面插着一朵蓝色的塑料花,还有一个塑料猫,实际上这只塑料猫旧得厉害,塑料都变成了透明的。我将奶酪放进冰箱里,冰箱里空荡荡的,散发着肥料的气味。

我摸进了隔壁房间。门旁装着个黑色的大电灯开关,和我的臀部齐高;墙上贴着墨绿色的乙烯基墙纸,使得墙壁看起来像长满了青苔;一张旧沙发,一头已经被脚踢穿了,上面铺着一条奇怪的廉价盖毯;一个橡树餐具柜,上面放着一台大电视机,电视上方挂着一面椭圆形的镜子;一张五十年代式样的扶手椅,有棱有角;一个杂志架,上面摆满了《农夫》杂志过刊,然后是更多的十字绣。外加一幅装了框的复制画,名为《农场大门口的顽童》。

我高兴地告诉自己说,你可以在这里开一家膜拜后现代主义的咖啡屋!如果我是在爱沙尼亚碰巧看到这么个地方时萌生了这个念头,我会觉得这个想法非常动人,甚至颇具异域风情，然而面对此刻的情景，在我努力保持微笑时，我的嘴角忍不住开始颤抖。

　　最后我走进卧室，我看到床铺没有整理，床上铺着一条发灰的床单，我的嘴角终于垂下了。

16

我穿过地窖门走了进去,去用楼下的淋浴间,这样我就不会把在牛栏里沾到的气味散布到整栋房子里。最近我都尽量不用楼下的淋浴间,说实话,它需要好好擦洗一番。如果真要把它清洗干净,我得用上耐压胶管。房子里还有其他地方需要清理。但该死的,哪里来的时间?

妈妈过去一天至少工作十小时,我必须工作十五小时,两人的工作量相加就是每天二十五个小时,就算我把手指头脚趾头都用上,我一个人一天也干不了二十五个小时。面对现实吧:闪亮照人的瓷砖就像自家做的小面包和干净挺括的被单一样,早已成为了过去。

当我站在淋浴间里对着自己小声哼唱时,我能想象出她的模样,我那穿着灰衣服的爱人,她那双白嫩的小手在餐桌上移动,摆上我们过去常吃的自制美味咸牛肉和一条香甜的黑面包,还有一杯冰啤,薄饼卷上覆盖着珍珠白色的糖霜。

但,她当然不会,她从哪里去弄那样的薄饼卷呢?她甚至都没把买来的东西拆包,没有灌水烧点儿茶,她正站在客厅的书柜前,双臂耷拉在身侧,怔怔地盯着书脊看,她肯定不会在那里找到什么遗失的宝藏。书架上只有我的旧课本和妈妈从读书会拿回来的几本书——有十五年悠久历史的《全国农事杂志》的古老合订本。

我感到不太舒服,尽管在她的公寓里我激情澎湃,但我还是注意到她公寓里有两面墙都被书覆盖了。

"想找点睡前读物?你喜欢《小学化学》和1956年的《全国农事杂志》吗?那一年是养猪的丰收年。"我鼓起勇气说。她给了我一个疲倦的微笑,根本不是她那招牌式的暑期学生的微笑。

我们走到厨房里,我拿出杯子,将水放在炉子上烧,弄出一阵声响,她在餐桌旁坐下,开始浏览农业供应物目录。

我感觉有点儿奇怪,我是说,她居然指望我这样服侍她。

"我受过高等教育,"她突然开口说,"我总是不用作弊就可以回答出报纸上的时事问答,但即便如此,我还是不知道居然有自动装载拖车和奶牛胸罩这样的东西。"

我一言不发。她正试图阐明一项观点。我将面包放在餐桌上,她漫不经心地伸手去拿。

"我是说,你每天处理这些事情,自然能倒背如流。它们对你来说就像拉康的理论对我而言一样熟悉。"

"谁?"我问,"拉空[1]?是不是阿法拉伐公司的那个家

---

[1] 原文为Lackong,男主人公故意打岔。

伙？发明奶分离器的那个？"

我当然知道她并无恶意，我不应该因为自己没有什么书，没有上过大学而感到自己像傻瓜，毕竟她也有她无知的地方。尽管如此，我还是被激怒了。她究竟把自己当成什么了，跑到我家来安慰我，就因为我不是她？我的声音肯定听起来很生气，因为此刻她的双眼正透过刘海盯着我。

"我只是想说：坐在你家那边长沙发上的应该是个留着金黄色粗辫子的女孩，她会说：'班尼，你看到没有，他们今年有一些新样式的奶牛胸罩！你难道不认为该买一辆科隆2400自动装卸拖车吗？'我对你做的事情一窍不通。"

"如果我要找的是那样的女人，我早就向农民救济机构申请了，"我说，"或在《农夫》杂志上刊登一则征婚广告。广告词可以这么写：'想结识有拖拉机驾照的女人，相貌不限，不必付费。'但如果你是在墓地里找女人，那么遇到谁就是谁，得凑合，不管怎么说，你不是要学人工挤奶吗？"

这句话又勾出了她暑假学生式的招牌微笑。

"你有什么可供我练习的吗？"她问。

我还真有，当场就有。

我们拖着疲惫的身子上床去了，我甚至没换床单，尽管我的确想过。

半夜里她突然在床上坐了起来，把我惊醒了，她的呼吸急促而慌张。

"厄尔扬？"她用干巴巴的声音小声问，用汗涔涔的手指摸着我的手臂。

"你现在是和我在一起。"我咕哝着说，抚摸着她的手臂，直到她安静下来。她拿起我那只仅剩三根手指的手，将指关节贴到嘴上，叹了口气，又睡着了。

17

结实的跑鞋和可靠的指南针——
如果我不知道
要往地图上的哪条路走,
那它们又有什么用处呢?

我被坐在床边的班尼惊醒了,他试图把我那稀疏的直发编成辫子。

我感觉像是在半夜里,一个噩梦潜伏在我心底,好像是厄尔扬试图给我穿上救生衣。"但我不过是要钻进一个壳里去。"我想说,但我四下张望时,到处都看不到陆地。我呻吟了一声。

班尼从我身上爬过去,爬到床的另一侧,开始编我那边的头发。"我们应该让你看看你扎辫子的样子,"他说,"不过你睡过了晨间挤奶时间。"他的头发湿漉漉的,身上散发着好闻的香皂气味。

"滚开,乡巴佬,"我粗声粗气地说,"带上你的奶牛,走开！给我端杯牛奶咖啡到床上来，外加羊角面包和报纸的评论版面！然后你就可以去听农业新闻了！"

他将辫子扭在一起，盘在我头顶上，然后用一根足有自行车轮胎那么粗的橡皮筋绑好。"你明天在牛栏里干活时就应该这样扎，"他说，"脚套威灵顿长筒靴，一路摇摇摆摆地走着，屁股跟着摆动，给奶牛们讲口蹄疫。"

走路摇摆那是铁定的，因为我的双腿间全都肿了。

"瞧，如果你不留意没上栓的公牛会发生什么！"他满意地说。

我们下楼进了厨房，我继续嚼我们在加油站买的面包。班尼一口一口舀着稀饭和苹果酱往肚子里填，就好像他的两条腿是中空的。他问我会不会做面包，我说我认为面包是树上长的，你要么在它还是小面包卷的时候就摘下，要么让它长大成熟，长成肥大的面包条。

他笑了，但笑声听起来有点儿勉强。

然后他把我拖到外面去看他的产业，迫不及待地把一切指给我看。我只是点着头，说啊哈，噢呵，嚯，是的，好先生。感觉还不赖，因为农场位于一处美丽的地方：绵延的青山环绕四周，秋天最后一点金黄的树叶点缀着这幅美丽的画卷。轻薄的雾气从他刚为冬天犁过的肥沃的黑土地上飘过。闪亮的花楸浆果，他母亲过去常常用它来做美味果酱，他跟我说过……巨大的塑料袋里装满了某种酸模[1]，整齐地排在谷仓后。最后是牛栏，里面装满了饱食终日，睡意蒙眬的奶牛——我这辈子从未见过一头真正的牛。它们不像是真的。

我兴奋地径直朝犊子栏走去，让眼神迷离的小牛犊吸吮我的手指，然而班尼把我拖开了，急切地向我炫耀他那新肥料处理系统的优良之处。他不会觉得我一点儿兴趣都没有吧？羊还在外面，"我们得赶紧把它们赶进去！"他说。我们？

我感觉自己身处他人的梦中，某女打算嫁给一位迷人的农场主，他有二十四头奶牛，外加小牛犊。尽管她从来不想要这些，却已经习惯了要做一个老女仆的想法，也许还要带着一只猫，还得不时找情人才能让她的荷尔蒙保持平衡。

这太夸张了，就像玛尔塔会说的，是的，二十四头，太夸张了。但我没有说出口。他一副自得之色。

然后我说我想回家，当然了，他很紧张。这一天来，我受够了十字绣和肥料处理小机械，我需要把我纵欲过度的下身浸泡到热水里好好呵护一番，读读报纸，听点儿波开里尼[2]音乐，躺在干净的白床单上，喝点儿凉茶。

我需要好好想想。

但是我还没来得及将自己的想法组合成可以接受的词句，班尼就直接从冰箱里拿出一公斤冻牛肉馅扔给我，急切地说，用它给

---

[1] 俗名野菠菜，蓼科多年生草本植物，欧洲和西亚的大多数草原均可见到其踪迹。
[2] 意大利作曲家，因其室内音乐和大提琴协奏曲闻名。

我们做晚餐肯定妙不可言——是让我做肉丸吗？我的视线从他身上转移到那一大块冷冰冰的肉上，然后又回到他身上，吃力地说道："我还处于遭受文化冲击状态，需要先回到自己住处冷静一阵。"

他看着我，我能清晰地感觉到他头上那根长天线在我脸上移动，是的，他对别人的感受很敏感。不过我想：如果你每天要和我们迟钝的朋友——动物打交道，你就不得不如此。

他春风般的笑容蒙上了一层乌云。

"没问题，我送你，"他只说，"这里礼拜日没有公车。"

于是他开了四十公里的车送我回城，路上用手轻轻地抚摸着我毛茸茸的羊毛帽。他在大街上放下了我，因为他急着回去挤夜间的奶。

当我打开门，在公寓里四下环顾我们昨天制造的凌乱场面，我的心情又改变了。我重回到外面的楼梯平台上，是不是只要我接受了那块冷冻肉的挑战，他的笑容就不会熄灭？

尽管这样，我也没法将它变成肉丸，也许这就是最令人头疼的地方。厄尔扬和我都吃素，自从他死后，我厨房里仅有的肉丸是买来的速冻预包装肉丸。我还在家里跟妈妈同住的时候，就忍受不了和自制肉丸大眼瞪小眼，而妈妈才不会让黏糊糊的绞肉弄脏她的公主小德西蕾那双读书人的手。

现在，就算我请求她，她也不能教我了。上次我去看她，她叫我卡琳妹妹，并数落我说没有人给她端咖啡。

我又转身走回公寓里，开始放洗澡水。

18

并不是我没注意到有什么不对劲,如果我先给她详细讲讲我的消化系统,我带她参观农场时,她就会像之前那样兴奋了。礼貌,是的,她很礼貌,问的问题都很机智,但并没有因为感兴趣而两眼放光。

我不停地告诉自己,如果换作是她带我在图书馆里转,给我解释书架上的字母是什么意思,以及他们是如何安排索引卡的,我的感受肯定也好不到哪里去。我没能真正说服自己,我是说,书毕竟还是书,农场是农场。

当我递给她一袋冰冻牛肉馅时,从我把肉向她抛过去的那一刻起,甚至肉还在半空中,我就知道我做了错事。

实际上我没有真正想通:我生活的这个地方,男人只管将死麋鹿带回家交给女人,稍后便坐下来享用鲜美的炖麋鹿肉,至于中间的过程,他们根本就没想过。我的想法大致是这样的:只有她给我们准备晚餐,我才有时间去照看小牛犊,然后我们才有时间吃饭,饭后打会儿盹——哈哈——在夜间挤奶前。她死死盯着那块肉,就好像那是一坨冻僵的牛粪,然后她就想回家了,我束手无策。

一路上,在车里,她都把手放在我的后脖颈上,手指不时把玩着我的头发。

"我不是有意要让你不高兴,"她的手指在对我说,"不要认为我们之间就这么结束了!"

但是在车上我们俩都没说话。

那天晚上我去了本特·戈伦和瓦奥莱特的家。

"我们看到你跟一个女孩在一起!"瓦奥莱特说,明显很好奇。

本特·戈伦朝我一眨眼,戳了戳我的手肘,笑得那么猥琐,就跟我们刚一起看过一场黄色电影似的。好吧,在瓦奥莱特还没来之前,我们过去偶尔会做这种事。

"从城里来的,呃?"他热切地问。

本特·戈伦总认为城里的女孩很火爆,穿着性感的黑色蕾丝内裤,裤裆处留缝,你只要一有机会和她们单独待在一起,她们就会躺下叉开双腿。想到我们这座小城实际上民风有多淳朴,我感觉很可笑。我又想到我本人曾有一次被本特·戈伦的亲姐姐按倒在干草堆里,她紧紧地搂着我的颈背。那时我十四岁,她十七岁,那是我的第一次——也是我和她的最后一次。我吓得魂不附体,自此后我都对她退避三舍。她没有穿蕾丝内裤,实际上,她根本就没有。当然了,本特·戈伦对此一无所知。现在他姐姐有了四个孩子,她看起来就像个相扑手。

"嗯——城里来的女孩,我在墓地认识的。我是说,我们是在墓地见到的。"

"怪不得她的脸那么苍白……"本特·戈伦窃笑了一声,但是瓦奥莱特赶紧给他递眼色。

"墓地?"她问,"你这个人就喜欢标新立异,对不对,班尼?"

我不知道自己做过什么让瓦奥莱特对我产生了这等印象,也许是那次在派对上她和我坐在一起聊天交心造成的,就像你和少有的几个朋友会做的那样。我告诉她我认为她正是那个能帮助本特·戈伦战胜他那原始的农民小感伤的人,农民的感伤!现在我想起来都感到难为情。

"你看看他,在喧闹声中,那么安静内省地坐在那里。"我大声地打着嗝。

"他不过是喝醉了。"瓦奥莱特打断了我的话。不幸真被她说中了,他立马就吐在了紫丁香丛里。

"她甚至连肉丸都不会做,"我说,"她只会读书,谈论什么拉空和他的狗屁理论。"

我得说得夸张一点,让他们别指望能受到去我那里喝咖啡,吃薄脆面包卷的邀请,别以为会很快收到我的订婚消息,何况现在已经够棘手了。

"不会做肉丸!"瓦奥莱特难以置信地喊道,带着巨大的满足看着自家餐桌。桌上摆着一个菜碗，足有洗衣盆大，里面焦黄的肉丸都快掉出来了。"顺便问一句，你想带点回去吃吗？"

"对，班尼！"本特·戈伦哈哈大笑，他又露出看完黄色电影后的猥琐表情。"这种女人是一次性的。千万别动结婚的念头。"

在本特·戈伦的世界里，一个不会做肉丸的女人根本让人爱不起来，更别提娶回家了。

当瓦奥莱特递给我一盘堆成小山似的肉丸和用她亲手摘的浆果做的蓝莓酱时，我差点儿就要赞同他了。

77

19

　　试试孤独的滋味
　　让寂静的一分钟融化在我舌头上
　　只有灰尘弥漫的阳光照进来

　　从我的公寓往外看是一座四面都被三层高的楼房包围的公园。所有这些公寓肯定都有三十年历史了。透过窗户能看到高大成熟的树木,沙地上经常空无一人。十五年前在那里挖沙子的孩子们已经离巢,然而他们中年的父母依然住在这里。他们都是些超级沉闷的人,没有什么令人反感的习惯。

　　因此我的窗外非常安静。窗子朝南,阳光透过木条百叶窗照进来,在我的沙发上画出一道道线条。有时候我会听到外面楼梯上的脚步声,但不经常。我住在顶楼,如果打开窗,就能听到厄尔扬栽种在花盆里的无花果树发出的沙沙声。每次开窗都让我感到冰冷刺骨,因此我从不开窗太久。相反,我总是把所有的暖气片温度都调高,室内温度通常至少在73华氏度。

我喜欢穿着白色睡袍躺在沙发上,看着阳光将房间的空气割成一条条。

有时候我会抬起一只手,让阳光也把我的手掌割得支离破碎。唯一的声响是冰箱发出的嗡嗡声,以及一只晚秋的苍蝇撞到窗子上,在寂静中发出的重击声。

当然,我知道,想让班尼做这种傻事是不可能的。

我和他,就像我在假日的最后一天坐在法国梧桐的树荫里,喝着冰冻的松香味希腊葡萄酒,想着把自己连根拔起,搬到他那里去,平静地迎接每一天的到来,找份工作,找一栋粉刷一白的房子,在阳光露台上摆满盆栽。然而潜意识里你知道五小时内你就会站在斯德哥尔摩细雨蒙蒙的机场,第二天你会坐在办公桌前那张人体工学椅上,变得压力重重,而唯一留下的只有晒得黝黑的皮肤,但就算是这层肤色,也会在不到两周的时间里在洗澡时被冲进下水道。

我就是这样梦想班尼和我之间的游戏——肯定有办法能维持下去!锁上前门,在我下班回家前都把他锁在衣柜里,就像那部异类片中所放的那样,就是那个西班牙人安东尼奥·班德拉斯[1]主演的。

我试图把自己想象进他的生活里,但是想不出任何画面。

我没有料到自己在一个就住在四十公里开外,一个和我年龄

---

[1] 1960年出生于西班牙,迄今为止已在四十多部影片中担任了角色。这里指的异类片应该是他主演的《怪物史瑞克》。

相仿的瑞典男人家里遭受到这种文化冲击。

让我适应一个虔诚的穆斯林人也许还要容易些。

我的脑海里迅速冒出一个高大、瘦削的男人，双眼里满是悲伤，他因政治原因被流放，住在一个一居室的委员会公寓里，四面墙壁上都写满了波斯文诗歌。尽管他在自己国家受过大学教育，但他白天只能当清洁工，晚上和他的政治以及诗歌朋友坐在烟雾缭绕的集会场地，或一起去阴暗的小电影院看无法忘怀的黑白电影。我会慢慢了解他的文化，将他的诗歌翻译出来，为他反对独裁的运动在大街上帮他筹钱。我们一起坐在漂亮的地毯上吃辛辣的食物。

但是在班尼令人作呕的厨房里做肉丸，天天当二十四头奶牛的奴隶，周复一周，年复一年？把他变色的浴室擦洗干净，需要热水的时候用木材烧炉子，和他讨论《农夫》杂志上的文章？我？

我也许是种族主义者，但我不是普通的那种。

即使如此，我还是着了魔似的守了电话好几天，有时候是因为它一直没响，有时候是因为我一直没打过去。

为了驱逐那股有伤自尊的青少年般的情感，我好几个晚上都在外面晃荡，超时工作，去看电影，或和未婚同事在酒吧转悠。他们发现我那几天异常开心和活跃，实际上也的确如此。

秋意渐浓，天也变得越来越冷，甚至都没有阳光可供我戏耍了。笼罩在脏兮兮的灰色日光里，我的公寓像牙医的候诊室一样鼓舞人心，灰蒙蒙的色调中唯一的亮色是贝壳里那对恋人身后五彩斑斓的日出，就是班尼送给我当生日礼物的那张海报。

我无时无刻不在想着班尼。

在图书馆，我开始对《农夫》杂志痴迷，丽莲毫不掩饰她的得意。我说我在找一篇当地政府要的文章，关于如何打通下水道。

奥洛夫有时候看着我，就像他想问我点儿什么。算他明智，他从未开口。

一天，我异想天开想去"外来者"——从其他国家来的各色男人经常光顾的一家咖啡屋吃午餐。我孤零零地坐在餐桌前盯着他们看，神情专注，若有所思，结果招来尴尬的搭讪，我真是宁愿忘记。尤其是我究竟为什么去那里，实在令人困惑，虽不能说愚蠢，但我的脸还是红到了脖子上。

日子如流水般过去，我曾经的抑郁又发作了，那感觉宛然如新。玛尔塔还没有回来。我洗澡会花去半个晚上，直到我的皮肤发白，变得皱巴巴为止，我把一大包一大包廉价的平装奇幻小说拎回家。蝴蝶香皂被我用得越来越小，直到最后变成了一个没有形状的粉红色小圆点。

感觉那么对的事，结果怎么会错得这么离谱？

到如今，班尼也许也在问自己这个问题。他一直没有再和我联系。

20

每次拿起话筒拨她的号码,我都只是坐在那里,直到被嘟嘟声切断。她说她受到了文化冲击,需要冷静一段时间,于是我等了三天,等她的电话。然后我给她打了过去。没有人应答。

我找到一张"祝你健康"的老贺卡,写上她的地址,贴上一张邮票,然后又撕掉了。

好几次我想开车去城里,去图书馆,但是我觉得那太过了。

天气越来越冷。多亏有邻居家十三岁的小男孩帮我,我花了两天时间才将羊弄进去。它们在外面待了太久,肌肉结实得像顶级体操运动员。公羊会从围栏的空隙爬出去,而母羊则会像鹿一样一跃而过。如果我现在将它们送去屠宰场,赚到的钱只够我在麦当劳大吃一顿。如果我让老尼尔森帮我在家里宰了它们,我们很难干得过这么多头肌肉发达的羊。那个男孩和我在冻雨中来回奔跑,不停地破口大骂,好吧,主要是他在骂,"操!"他对羊尖叫。

我不知道为什么要留着它们。留一些羊是妈妈的想法，她过去在编结工艺品课上要用到羊毛，还会用土豆和蚕豆做炖羊肉，她做的这道菜无人能及，可惜我从来没有动过要学的念头。

抛弃她的羊感觉很不对劲。我做过的最艰难的事情之一，是在她刚过世后走进她的房间，把还留有妈妈气味的衣服扔出去，处理她的放大镜、药物，以及编织图案。我从来没有思想准备要做这些，于是我采取了一个简便的方法，我将她的所有东西统统装进几个旧手提箱里，拿到阁楼上。我只揭下了她的床单，其他都原封不动。她的窗台上摆满了开着蓝紫色小花的植物，只不过现在全都死了。

她说她遭受到了文化冲击究竟是什么意思？

今天上午我会去城里，有几件事需要我去处理。我不止一次想到会看到她，在农产品供应店，在伯格伦的五金店，在乳制品场！

本特·戈伦一连两个晚上都过来了，无疑是想近距离审核我那从城里来的有罪的女人。

"我不知道还会不会再带她来。"我对他说。他羡慕得倒抽了一口冷气，他以为女人对于我，像抹布一样随时都可以丢弃。

我没必要告诉他我有多渴望见到她，晚上我把电话拿到楼上，在我床边插好。

21

此刻,悲痛抓紧了所有天使;
它们成群地朝上帝飞去——
"萨拉米和祖拉米斯建了什么,
看看吧,噢,上帝!"
——摘自萨查尔·托佩柳斯[1]的《银河》

玛尔塔终于从哥本哈根回来了。下班后她拎着一个购物袋在等我,袋子里装着丹麦啤酒和一个纪念品——一对赤身裸体的恋人受困于暴风雪中,是塑料制品。我们回到我的住处,沏茶喝,舒展身体,然后四仰八叉地躺在沙发上。

我问他们到底去哥本哈根干什么了,她给了我个含糊其辞的回答。

---

1 芬兰历史上著名的作家、记者和历史学者。芬兰人给了他三个称号:芬兰童话之父、芬兰儿童文学的创始人和芬兰历史小说的奠基人。他创作的《拉普兰的三宝》《白桦树和星星》《星瞳》等童话故事直到今天仍然深受孩子们的喜爱。

"我来这里不是为了谈论我的!"她说,"这你很清楚!"

于是我毫无保留地将上周发生的事对她和盘托出。对玛尔塔这样的人,你根本不必浪费精力遮遮掩掩,她总会设法从你浑浊不清的内心深处掏出大部分信息。

我一点一滴全都告诉了她,那块庸俗的碑石,老土的帽子,十字绣,蝇屎污点,像长满了苔藓似的壁纸。她嗤之以鼻。

"我不知道你认为自己在做什么,"她说,"在我听来,那个男人对你来说再理想不过!而你却在这里对他的家庭装饰忧心忡忡!你干吗要嫌弃他家的十字绣?我可不认为那是他自己绣的,他只不过是不忍心丢掉能给他带来父母回忆的东西。你真以为瑞典所有的农舍都像卡尔·拉森[1]的画一样?"

这让我一时语塞,如果说我对瑞典的农舍内部装修有什么印象的话,也许都是卡尔·拉森那个套路:一个大厨房,炉膛里烧着火,铜锅,面包圈挂在天花板上的一根柱子上。她触中了我的一根神经,我情不自禁抬高了嗓门。

"你和我一样清楚,这不是室内装饰的问题!是有关两种完全对立的生活方式!我从来不会让任何十字绣跨过我的门槛,我也不认为他会容许珂勒惠支进入他家门槛——让我们面对现实吧,这不仅是品位问题!"

"那么你干吗要把那张贝壳里的恋人海报张贴起来?"她狡猾地问。

---

1 1853—1919,瑞典画家和室内设计师。

"因为它让我感到开心……"我含糊地说。

她心领神会地冲我点了点头。

"但你肯定无法想象我坐在一条三条腿的凳子上,两腿之间夹着个挤奶桶。"

"你又不是去面试工作!"玛尔塔吼道,"这三十多年来,再没有哪个男人比他和你在房事上更合拍了,也许你再也找不到更好的。你和他在一起尽情欢笑,比你和你嫁的那个"鸟痴"在一起的时候笑得更开心!那几块蝇屎污点算得了什么?别当懦夫!趁着能抓住的时候赶紧抓住!否则你最好走到卧室里,用你那一尘不染的羽绒被盖住自己的脑袋。"

"但是我能做什么?我不知道他是怎么想的!他没有跟我联系。"

玛尔塔举起了那个塑料做的"暴风雪中的恋人"。

"你要做的就是拿着这个和几瓶丹麦啤酒,对了,再买一袋冷冻肉丸,去他那里,明天晚上给他一个惊喜。第一步是他主动的,现在轮到你了,你应该做点什么!我可以把车借给你。"

我脑海里浮现出萨拉米和祖拉米斯的画面,他们是《银河》中的两个人物,萨查尔·托佩柳斯写的一首旧诗,我很小的时候就很喜欢,尽管当时我对它半个字都不懂。在妈咪的帮助下,我把它背熟了,在她的咖啡派对上,她经常骄傲地将我抱到餐桌上,为她感到无聊的客人背诵。

萨拉米和祖拉米斯是住在不同星球的男人和女人,他们爱得死去活来，于是在太空中搭建了一座天桥。我眼前突然冒出我和班尼轮流尝试的画面：能干的泥瓦匠班尼手里拿着铲子，在他那头连接两个星球，而我则在这头试着从两个星球之间跳过去，就好像从两座冰川之间飞跃……

玛尔塔的建议并不总是万无一失，但它的确能促使人采取一些措施，推动情况进展。第二天晚上，我把丹麦啤酒、冻肉丸、做好的土豆沙拉和一份（从商店买来的）蓝莓派装进一个篮子里，我用金纸包起玛尔塔送给我的"暴风雪中的恋人"，然后开车去了班尼的农场。我敲门，无人应答，但是门没有上锁，厨房灯亮着，于是我自己走了进去。

条形灯发出嗡嗡的响声，滴水板上放着一台奇形怪状的黑色收音机，喧嚣地放着某个商业频道。我把收音机调到海上天气预报，然后开始忙碌起来。很快，在肮脏的绒球边窗帘遮掩下，厨房的空气变得厚重起来，夹杂着一种舒服的儿时的感受。我从餐桌上收拾起一个脏兮兮的粥碗，将它放进水槽里的冷水中浸泡，里面已经有个碗漂着了。然后我在抽屉和橱柜中寻找，好不容易看到瓷器和刀具。我在客厅的一个橡木餐具柜里找到一块精致的刺绣台布，然后把肉丸倒进一个不太干净的煎锅中煎。当我听到他沉重的脚步声从地下室的楼梯上传来时，我有种似曾相识的感觉：这一幕之前曾发生过。

"究竟……"他穿着牛栏工作服在门口顿住了。接着他大踏步朝我走来，给了我个大大的熊抱，身上的稻草和谷壳不住地簌簌往下掉。

"噢，肉丸？"他咧嘴笑了，"你亲手煎的吗，我苍白的小丫头？"

"别指望我习惯成自然。"我把脸埋在他怀里，对着他臭不可闻的橘黄色哈雷·汉森夹克咕哝道。

22

也许那是她能做到的极限,尽管我到现在依然觉得肉丸都快要从我耳朵里爆出来了——瓦奥莱特之前给了我一小桶带回家,我连吃了三天。

小虾米那晚留宿在了我这里,我换床单时,她说她正在生理期,但愿不会把经血渗漏到床单上。

她是想说"请自便吗"?我暗忖道,我喜欢她把来月经的事告诉我,这感觉如此亲密,甚至让我产生了家的感觉。但凡一个女人的生理期刚开始,她是不会不辞辛劳去拜访一个短期情人的。我感觉她将我们的关系提升到了更长远的地位上,不急着做爱,她到这里来不是因为饥渴难耐。

实际上,我很希望她能在我的床单上留下一个污点,也许有某个专门的拉丁名词描述这种心理变态。

我们躺在床上谈了四个小时。我们一直都很开心,天南海北地胡侃,没法停下来,我印象特别深刻。

"我要用文化冲击震死你!"我开始信马由缰,"我会买一套传统服饰！黄色的长裤、双排扣的外套、银搭钩，你将给我织布做马甲，然后，你知道会怎么样吗？礼拜日，我就能在教堂外面昂首阔步，大拇指插进马甲里，和其他农民讨论天气和收成，然后人人都会知道我是罗温农场的大班尼！而你得保持沉默，给所有教堂会众煮咖啡！"

"那么我想一百年前你就是个有钱的大农场主了吧？有二十四头奶牛？"

"你说对了！此外还是一名非专业治安法官和教会委员。一个富得流油的农民，有数不清的农场工人任我呼来喝去，还有漂亮女佣的屁股任由我掐。但凡有问题，村民们都想征求大班尼的意见，并邀请我去参加农村教区行政团体。可惜现实太残酷，实际上我住在这栋破落的房子里，在自己的农场上疲于奔命，像只无头苍蝇从一台机器跑到另一台机器，根本没时间去参加什么联合大会。"

"想请城里来的骨感美女帮忙吗？她名下除了一箱子书，可什么都没有。"

"当然不要！罗温农场的班尼要娶就娶隔壁农场丰乳肥臀的布丽塔来延续他的产业，但是我姑且雇下这位瘦骨嶙峋的小姐当女仆吧，晚上我会偷偷溜下去，爬到她睡的高背扶手木长椅上，搞大她的肚子。我会把她生的孩子都雇来当牧童和牧羊女，给他们支付可观的薪水，我才不管肥婆布丽塔发什么牢骚呢。"

"但是有一天骨感美女和拉小提琴的吉普赛人埃米尔私奔

了！土财主班尼又意欲何为呢？"

"他就撵走了她的孩子，重新雇一名厨房女佣！一个更年轻的！"

她用枕头猛打我的耳朵，于是我们扭作一团，厮打了一阵。最后我不得不投降，要不我就得去冲个凉水澡了。

她的喘气声渐渐平息。

"我绝不会当厨娘，这你是知道的，是不是？"她质问道，"不管怎么说，你雇我这样的厨娘也不划算。我对烘焙、洗衣服或杀牛宰羊一窍不通，农民的妻子难道不是都会割断猪喉咙，滴干冒着热气的血，将它做成某道令人作呕的美味佳肴吗？"

"这我可不知道，我们做了安排，把牲口送到屠宰场，把肉拿回来。这叫联合协作。"

接着两人都变得沉默了。

"但是说什么在厨房长椅上爬到我身上，弄大我的肚子……"她说，好像是在自言自语，"这种话让我全身发软。浑身燥热。"

我转身趴在床上，呜咽道："你不该说出来的，要是我一时不能自控，床单和枕套会怀孕的！"

她再次将我的指关节贴在她唇上睡着了。

23

我打电话回家：
无法接通。
"这个——号码——是——空——号！"
甚至没有电话答录机给我个回答。

于是我们开始了艰难的相互了解的过程。
尽管我们是自由人，但却并不是直肠子。
我们俩都没有父母——于他，这是显而易见的事实，而我实际上也一样。妈咪迄今为止在护理中心住了五年，鲜少能认出我。我偶尔回家去看爹地，他表现得就像我是在骚扰他，尤其是我想跟他说说话的时候。
实际上打我小时候起他就是这样。略微提及他所谓的"女人问题"他都反感：家庭、孩子、煮饭、穿衣、房间布置，当然了，任何能被归为情感类的问题他也不感冒。他还将艺术、文学和宗教纳入了女人问题的范畴……他尤其讨厌女人抱怨身体不适。所有这些话都是他的禁忌，就好像他害怕被传染女性病菌似的。时机一成熟，他便去了军团，他是名陆军少校。

我有时候怀疑他是不是真是同性恋。这个想法虽怪，但我和父亲从来都不亲。我是说，孩子们一想到他们的父母做了"那事"总是会惊奇得发抖，他们会点点自己兄弟姐妹的人头，想："他们至少做了三次。"就我家的情况而言，我有充分的理由怀疑他只做过一次，至少他和妈咪做过一次。我决定不去想它，至少他做过一次我就心满意足了。

因此妈咪除了照看我，没有什么其他可做的。我是她闭着眼睛的玩偶，她对我的爱就像对什么东西渴盼了太久一样狂热，长久的等待让她变得不再挑剔和清醒。

她出生在富贵人家。我外祖父开了家罐头制造厂，工厂一度在战争年代生意兴隆——如果说我对那个老人有多少了解，他也许是将狐狸和松鼠贴上商标当猎物销售起家的。爹地出生于上流家庭，我有一次听到妈咪桥牌小组的三姑六婆小声嘀咕说，他之所以和妈咪结婚是因为他欠了巨额的赌债。这理由听起来很老套，但极有可能是真的。在上个世纪之交，蒙特卡罗的赌场外有许多负债累累的亡命之徒开枪自杀，今天的娱乐厅里离不开吃角子老虎机的人也不计其数。但凡抽彩正在进行得如火如荼，给爹地打电话绝对是自讨苦吃。

当我还是个小孩子的时候，妈咪顶着一头染过的艳俗黄发，她用卡门·克特拉牌卷发工具将它弄成了硬邦邦的卷发。她近四十才结婚,四十二岁才生我,她从不必为生计发愁。她给我取名为德西蕾,意为"特别渴望的女儿",意境很美,但我上学后就开始讨厌这个名字,我在学校不时受欺负,大家不叫我德西蕾而叫我"蒂兹",就是头昏眼花的意思。

我想叫基蒂,或帕梅拉。

也许,受欺负是任何等待被当做世界八大奇迹抚养长大、在上学前从未栽过跟头的孩子必经的命运。

无论如何,我父母的婚姻全然是无形的。他们勉强一起住在一个大公寓里,但完全各行其是。公寓里铺着橡木地板、有一排排紧密相连的房间,家具是妈咪选的,而爹地把他那顶尖顶帽挂在墙上。他们从不当我面争吵,很有可能我不在的时候他们也不会。爹地吃相很差,吃饭时总是弄得乱七八糟。暑假通常是妈咪和我两人独自过,我们一个旅馆接着一个旅馆地住。而爹地总是"在演习"。

我们家里从不举办什么社交聚会或任何值得一提的派对——偶有牌友伙同她们的丈夫,或爹地的同事带着他们的夫人,来我家做客,爸妈就用雇人做的单调的三道菜晚餐招待他们。他们把马德拉白葡萄酒倒进刻花玻璃杯里,香烟放在专门的锡罐里,逐个分发。爸妈会让我进来跟客人打声招呼,我的瘦胳膊瘦腿从天鹅绒长裙里伸出来,裙子是他们专为这个场合给我买来装门面的。脸红脖子粗的男人用力拍我的背,拍到我咳嗽为止,他们说这丫头需要多去户外呼吸点新鲜空气,这样脸色才会红润些。妈咪的波浪卷会比往常更多，更卷。

我从未见过妈咪和爹地碰触彼此，甚至手挽着手走路也没有。

在这样的家庭中长大成人的我，又怎么会知道婚姻究竟应该是怎样的呢？因此我把厄尔扬和我列为标准夫妻一点儿也不奇怪，我对他的死并不感到悲痛欲绝也说不上奇怪。丈夫要么有，要么没有，那主要不过是晚餐要买多少根肉排的问题，他们的存在没有别的重要性：这就是我从家里学到的。

因此我对像班尼这样的人完全没有准备。有些日子我会想，他侵入了我的地盘，强行进入了我的卧室和客厅；有些日子我不能忍受看到他，这是我和厄尔扬在一起时从没有过的；厄尔扬只要待在靠边的角落就心满意足了，而那样我还是能忍受的。

然后还有些时候……

24

德西蕾——念那个名字对我来说有难度。发音听起来很尖锐、冷漠、傲慢，就像刚开始我对她的所有那些负面印象。我叫她小虾米，这个名字配她简直绝了，配得都有点儿残酷。脸色苍白，把身体柔软的部位蜷缩起来，只把壳留在外面，长长的触须。

她身上有许多我不懂的地方。

她长时间盯着我父母的一张照片看，那是我非常喜欢的一张。他们半裸着、躺在悬崖顶上晒太阳，手臂和腿纠缠在一起，脸贴着脸，面带微笑，闭着眼睛对着太阳。

她不太喜欢这张照片，感觉它太私密。

"他们毕竟是你父母，"她说，"你从来就没觉得它有点儿……嗯，太个人化，有点儿冒犯？"

她居然说冒犯？

她总是感到冷，总说我没把房子烧得足够暖，我热得想脱掉衬衣时，她却穿着毛衣和厚袜子坐在那里。她喜欢我安静地坐着,坚定有力地抚摸她的头发,然后她会像一只饥肠辘辘的猫终于找到一个主人似的蜷缩在我身边。

然而她骨子里一点儿都不无助和依赖人!当我以为她会来看我时,她却突然告诉我她改变了主意,打算和一个好朋友去看电影。当她得知我很忙,抽不开身去城里看她时,她只是在电话里说"那好吧,希望下周见",而从来不会说"好吧,我去你那里"。

我想靠近她,事实上,我也想把她束缚住,但既然她只是偶尔才会想我,那么我就不能提任何要求,这实在令人沮丧。但是当然了,我偶尔也能指望她来我家帮帮忙!帮我做牛奶测试或对我正在干的活儿略表一点儿兴趣!我知道我太习惯女人充当我的左膀右臂,我不会叫她去烤面包,但当我忙完了一件事又赶着去忙另一件事,而她却悠闲地坐在那里,鼻子埋在报纸里,我依然会感到不舒服!

实际上,我渴望同时拥有瓦奥莱特和小虾米,我不介意犯重婚罪。瓦奥莱特在楼下给窗帘缝边,腌牛肉,而在卧室里,我让小虾米蜷缩着贴在我胸口,用嘶哑的声音静静地笑。她那笑声就是给我的回报,为博伊人一笑,叫我干什么都愿意。那感觉就像集市上"自测气力"的机器,你用沉重的木槌狠击一下按钮,计分装置便会升起一个刻度,如果你真力大如牛,击打按钮的力度够强,就会响铃。

她的笑声就是那铃声,我并不能经常让它响,但是我成功过几次。我的得分是否在刻度表上升到了八十,还是根本就没有击中按钮,我完全能判断。

"你总想标新立异,对不对,班尼?"瓦奥莱特用不赞同的语气说。但是当我开着大拖拉机,装上两匹马前后纵列拉的双轮马车或带着全套防护装备链锯轰隆隆向森林迈进,她觉得我是个真正的男子汉,就像她的本特·戈伦。

小虾米则刚好相反。我感觉到她之所以对我感兴趣,是因为我和她是不同的人,当我戴上头盔,带足干粮准备出发时,她只是觉得厌倦。

医学要发展到何种程度——他们才能将小虾米令人费解的灰色小灵魂转变成瓦奥莱特丰满的胸部和勤劳的双手?

25

　　生活，令人激动又乱七八糟
　　然而我战胜了它
　　我给它贴上标签，将它密封在文件夹里
　　归档放进资料库

　　今天发生了一件事，实在让人不安，此刻想到它依然让我胆战心惊。

　　伦德·马克夫人今天没有来上班，事情就是这样开始的。

　　我们过了一阵才发现，她经常比我们早到，她会将外套和她的小皮帽挂在她的房间里，然后轻悄悄地走到下面的储藏室去——当然，她不在儿童区时实际上究竟在干什么没有人知道，我们都以为她在忙着编目录，分类和清理书籍，从来没有人问过她，她在图书馆的地位意味着我们中任何人都没有理由质疑她的工作。她在储藏室里待的时间越来越长，每次只给我或布里特·马里留个口信，让我们照看儿童区。

于是直到午餐时间我们都没有注意到她今天没来。伦德·马克夫人总是坐在靠窗的同一张餐桌前,一边吃一碗酸奶和穆兹利[1],一边读图书馆的某项服务目录,如果整个房间突然变得安静了,你就能听到她气管发出的喘息声,除此外你很难注意到她。

她从12：01分一直坐到12：55分,然后站起身,把她吃穆兹利的碗洗干净,将它放在沥干架上,最后去上厕所,我们有时候开玩笑说有这么个守时的胃的人并不多。

我们对此习以为常,她工作的声响有点儿像工厂汽笛声。当她经过X书架——员工室外的活页乐谱区时,我们就知道午餐时间到了,于是我们开始像巴甫洛夫的狗一样分泌唾液。有时候只要听到她呼吸的声音我们都会感到饥饿。当她站起身,走到水槽边,小口喝酸奶时——她用舌头从勺尖上舔进嘴里,我们便很快结束对话,甚至都不用看表。

她昨天没有来员工室,她没有打电话请病假或提前预订休假一天。我们就此讨论了两分钟,这也许是她在图书馆工作以来我们谈论她最多的一次。我们在路上从来没有碰见过她,没有和她合作过任何项目,也没有跟她有过任何争执。当然,我们也不会刻意避开她,我们每天和她聊天气和我们的班次时间。不知为何,每每有人要离开、生孩子或过生日,她总是那个组织大家凑

---

1 用谷物(通常为碾碎的燕麦)加干果和坚果制成的食品,常在早餐时与牛奶一起食用。

钱的人。令人惊奇的是，她有窍门，总能挑中理想的礼物——传统，但正合人们的心意。嗯，我们想她去了哪里想了两分钟，然后我们像往常一样决定这是别人的问题，我们继续过自己的日子就好。

但是今天她也没有来员工室。我们这次谈论她谈论了将近三分钟，然后我们问奥洛夫是否知道点内情，他也一无所知。他说他对她怎样安排自己的工作同样不知情。曾有一次，他试图和她讨论她的职责，结果她跟他解释了半个下午。

"当我问她的时候，她的脸刷地变红了，"奥洛夫说，"她跑去拿过来她记录的一本明细账，然后极其详细地告诉我，她一直在研发一个系统，而那时正是废弃多余项目的时期。最后我不得不借口说我和牙医有个约会才得以脱身，我是说，她给我的回答一直文不对题，我怎么能将对话从她的明细账转移到windows文件处理上？"

伦德·马克夫人的缺席丝毫没有影响到图书馆的正常运行，这些日子以来，我经常独自照看儿童和青少年区，对她放手让我单干，我一直心怀感激。不，这么说实在是太客气了：实际上，我觉得我比她能干，如果她试图干预我的工作，我会非常恼怒。我觉得对于我，她不过是件不太有用的办公家具，当我们决定要处理掉什么时，我们可以很轻易地除掉她。

我拨通了她家的电话，电话应答机告诉我我接通了伊内兹·伦德·马克，但她此刻不能接我的电话。我喊道："伊内兹？伊内兹？是我，德西蕾！"我喊了好几次，以防她人在家，却不愿劳神接电话，但是我想象不到我的声音是在怎样的房间里回荡，或对她直呼其名是否妥当——我之前从来没有这么做过。

到这时候我就不愿充好汉了。丽莲拧着双手说"我们必须做点什么"，我们在工作中经常能听到她说这句话——我们都知道她所说的"我们"是指我们，但不包括她。最终会采取措施的总是有五个孩子，比我们中任何人时间都少的布里特·马里。

但奥洛夫所说的那件事，说伦德·马克夫人热切地向他解释她正在开发的系统时，为了摆脱她，他说他和牙医有个约会借故离开的话让我很是不安。我感到胸口某处隐隐作痛，我胆囊里感觉到的苦痛更甚，一种压力，一种模糊的不舒服感，湮没了我。

我问奥洛夫能否让我离开去她住的地方看看。伦德·马克夫人没有打电话来请病假，他实际上不知道该把这个问题踢给谁，于是他点了点头，看上去如释重负。我出发了。

她住在一个黑漆漆的公寓区，小区很大，是用黑色砖瓦建的，风华早已不再。楼梯井装饰着仿大理石面板和壁龛，壁龛里也许曾摆放过雕像，现在，里面到处喷满了"操"字。

我按第一声门铃时她就打开了她那扇深棕色的喷漆前门，门的内侧有个保险链，她略一犹豫便解开了它，让我进了她的门厅。

"你好，伊内兹！"我说着勉强挤出一丝微笑，"你还好吧？我们上班的时候有点儿担心。"

她嘟囔了句什么，然后无力地朝客厅做了个手势，我跟着她走进了一个空荡荡的大房间，里面的两面墙边摆满了档案柜。是档案柜吗？

"你一个人……住？"我踌躇地问道。实在没有什么轻松的方法来问这个问题，"伦德·马克先生呢？"

"早在六十年代就有人给未婚女人安上了'夫人'的称谓，"她说着伸长了下巴，"我想最初是记者干的，或者也许是医疗机构，这样，未婚妈妈就不会感到耻辱了。"

我该说什么好？她是夫人还是小姐我们谁又曾关心过？

"我感到不太舒服，"之后她说，"敬请原谅，我希望很快就会过去。"

原谅她？为什么不请病假，申请法定的带薪候诊期，提交医生开的证明？据我所知，她从来没有生过病。也许她只知道病了就待在家里，病好后再道歉，其他都不懂。但是我并不是代表领导到这里来的。

她没有再说什么。

"你那些档案柜里放着什么？"我坦率地问道。

她朝窗外望了一会儿。窗户上是五十年代式样的威尼斯百叶窗，塑料百叶板，白色和褪色的青绿色交替。

"你是个好姑娘，"她说，"比你自己认为的要好得多，因此如果你想看我会给你看。"

她真让我看了。

两个小时后，我强忍住眼泪从她公寓那早已磨损、脚踏上去会发出空洞回声的石头台阶上跌跌撞撞地跑下来。我得找人谈谈，唯有这一次我想找的不是玛尔塔，她听我说过太多次伦德·马克夫人与众不同的洗碗动作。我走到一个电话亭里，打给了班尼。

26

过去几周，506号的阿默斯福特左前腿上几乎承受不了任何重量，她的蹄子像卡通奶牛一样长，我担心她也许得了腐蹄病。光是想想我都感到恶心，她站在粪便里，而脚蹄内部却在腐烂。

爸爸总是留意及时修剪她们的蹄子，当口蹄疫医生过来时，我会接替爸爸外面的活儿——但是现在谁能来接替我？

每天，我一面拼命想早点儿把秋耕忙完，一面时刻想着要给蹄铁匠打电话，但是我也得有时间充当他的助手才行。不过有一件事是肯定的：满脑子想着完全不相关的事情肯定是一点儿忙都帮不上的，有人得告诉她，德西蕾，她那招牌式的暑期微笑差点儿让我最好的奶牛变成了瘸子。

我终于联系上了蹄铁匠，一天下午他过来了，干完几个小时的活儿后，我们回到屋里喝杯咖啡，这时德西蕾打了电话过来。我关上了厨房的门，准备说许多不适合被兽医听到的话，但是她打电话来不是为了聊天，她在电话那头啜泣。

"我现在就得去你那里，我有话跟你说，"她说，"下一班公车是什么时候？"

我感到头皮一阵发麻。进攻日[1]。她肯定是打算跟我说她受够了我，不止是受够了，然后，我只有把所有时间都花在506号的阿默斯福特身上了。生活会回到原点，我要无休止地去艰辛地开始一个又一个轮回，阿门。

我站在那里，望着大厅镜子里的自己。一顶棕橘色的肮脏的旧羊毛帽，在帽子下，头发像一把亚麻短纤维，比我记忆中的要稀薄得多。这是我吗？我上次照镜子是什么时候？想想看，她居然还不辞辛苦大老远坐车过来亲自告诉我！真够狠的，这娘们儿的确够狠。

我无精打采地把公车时间告诉了她，拖着沉重的脚步走到外面的牛栏里完成了余下的工作，然后我挤奶。就在我给牛撒青贮饲料时，她来了，戴着她那顶伞菌帽子，帽子下拉，遮住了耳朵，双手深深地插在口袋里。她小心地爬上进料平台，吃力地直奔我而来，每当牛甩头时，她都紧张地跳到一边。我放下独轮手推车，站在那里，紧张得像把拉紧的弓。

她朝我走来，双臂环绕着我，将脸贴在我脏兮兮的工作服上。

"你太正常了，"她说，"可你这顶帽子好丑！"

她说话的语调就像她在说"听，亲爱的，它们在唱我们的歌！"一样。

---

[1] 1944年6月6日，同盟国部队当天在诺曼底海滩登陆进入法国东部。

牛栏里顿时变得蓬荜生辉,有时候会发生这种事,比如在深秋的夜里,你关掉牧草烘干机时,因为电力突然增加,灯光会亮几瓦。它会变得越来越亮,你会意识到,是的,当然了,本就该这样!

她不是来跟我说分手的。

我们走进屋子,沏了些茶,吃着剩下的我为兽医买的桂皮面包,然后她跟我讲起她那不太正常的同事。

27

　　我已经厌倦了这样的生活
　　多想换换新的
　　哪怕是二手的也没关系

　　七十年代军团解散的时候,伊内兹买来了档案柜,她往里面收集资料一晃已经二十年了。
　　起初,她只是收集她自家人的信息,一直延续到第七代,她喜欢研究家谱。我后来意识到,这便是一切的源头。
　　但为什么要收集早已不在人世的人的信息呢?她想,于是她开始收集邻居、同事、老同学的档案,她没有朋友。
　　"我从来没兴趣交朋友,"她实事求是地说,"所谓的友谊只会导致所有那些令人生厌的给予和回报。你再也没有自由。"
　　她收集了附近合作社收银女孩的档案,也收集了房东中介人、邮递员的,资料不是很全。
　　"很难查出他们什么来,"她抱歉地坦白说,"有时候我直接观察，有时候我从报纸上的出生、婚姻和死亡栏目中获取信息，但是我没有去过他们的家。"

"直接观察？"我问道。

她投给我一个满足的微笑。

"你从来没有注意到，对不对？"她问道。

注意到？注意到什么？

"我做了一点儿侦察工作，"她说，"我一点都不想影响人们的生活，我不想伤害任何人，也不想帮助任何人。我完全没有打算使用这些信息。无论如何，我收集的这种资料，大部分人都没有兴趣。我已经和律师安排好了，一旦哪天我死了，就将这些资料统统销毁，不给任何人看，但是我愿意让你看看你自己的。"

她拉出一个上面标注着"同事"的绿色金属抽屉，拿出一个悬挂式文件夹，里面装得满满的。

"坐下！"她厉声说，就好像我是条蠢狗。她将文件夹放在我面前的餐桌上。

里面有我在图书馆，在车水马龙的大街上，在阳台上的黑白照，最后一些似乎是从下方侧面拍下的，从马路的另一边。工作时间拍的照片有颗粒感[1]，好像是从远处拍摄放大的。

"我的浴室里有显影设备！"她骄傲地说。

里面有我的工作班次表，直到今天的都有，还有通报，联合

---

1 可看见乳胶颗粒，为老照片或现代高速胶卷所特有。

会的会议记录,我签署和发放的备忘录。里面有个标记着"服装"的小笔记本,她在里面分毫不差地记录了我喜欢的颜色和布料,并对我穿的衣服做了一些评论:"圣诞派对:红色的百褶裙,长羊毛衫,大领女衬衫。""5月15日:深蓝色外套,太大了。是她已故丈夫的吗?"有我从图书馆所借书目的列表,还有几张我在超市购物的收据。

"那些是你的收据!"她说,"我在你不知情的情况下偷拍你,收集你在商店购物的收据,你会不会感到不舒服?"

我不能实话说我的确会,尤其是此刻她正盯着我看,头歪向一边,像只麻雀一样不可理解。

我从文件夹中拿出一条白色的手帕,上面的气味有点儿熟悉,她脸刷的一下红了。

"是的,那也是你的!"她说,"我通常不收集物品,但我想保存你的香水味。是CK的'永恒',对不对?无论如何,那是我去多姆斯的香水柜台核实的。"

"但你肯定会用你搜集的所有这些信息做点什么吧?难不成你只是喜欢收集材料,归档?还是你打算写本小说?"我突然冒出这个念头。我曾读到有作家那么做过。

"没有的事,"她急躁地说,"小说早已泛滥成灾。但是……好吧,有时候……我会尝试去过你的生活,就像你在商店里试穿衣服一样。你根本不打算买衣服,但你会想象自己穿上新衣服看上去怎样!我会坐在阳台上,把我想象成你坐在你家阳台上，想象那是一个春天的早上，我一大清早穿着你的棉袄，戴着你那顶伞菌帽，吃着你经常买的芬兰酥全麦无糖饼干。我闭上双眼，想象我的头发散乱，皮肤苍白，三十多岁。我是说，我会事先做一些准备，买好芬兰酥全麦无糖饼干，甚至想去买瓶永恒香水！于是我坐在那里，想着我明天要穿什么，我是要选择绿色的长裙还是毛线衣和牛仔裤？我是要和姐妹一起去吃午餐还是去墓地？然后我想起我过世的丈夫，好吧，过去他来接你的时候我经常看到他！倒不是说我沉溺其中，我并不对你的真实感受那么感兴趣。"

"我的文件夹鼓鼓囊囊的，"我咕哝着说，"我看你没有收集多少丽莲的资料。"

"我对她的生活没那么感兴趣。我只是做了一些外部观察，因为就算我不是我，我是其他人，也许也能碰巧看到她。她当然也应该收到生日礼物！"

生日礼物！难怪她那么会挑礼物！

"而相反，我对你很感兴趣，"伊内兹说，"你这个人与其说身在此山中，倒不如说更像个旁观者。但是我认为你太没耐心，不可能像我一样将所见所闻存档，如果那要花上一点时间的话。"

她听起来像个耐心的小学教师。亲爱的，时间一长，你会彻底变成疯子！但她会吗？

"你能给我讲讲我的生活中我所不知道的吗？"我突然

问道。

"当然,"她回答道。"但是我绝不会这么做,那是欺骗,那很危险。那感觉就像那些科幻小说中写的一样,你知道的,有人无意中改变了历史的小细节,然后现在便变得面目全非。好吧,我不知道会不会这样。但我的确知道我不过是短时尝试你的生活,只是借用,我不会磨损它!"

我曾听到一名芬兰科学家说:正常只意味着某人还没有被充分研究过。把人们的生活放在放大镜下观察为什么让人感觉比观察鸟更疯狂?不,她不比我疯狂,她既不痛苦也不多愁善感,只是实事求是,有效率,充满诗意。

"那个新出现的男人。"她说,"他让我很困惑。他要么完全不适合你,要么就是唯一适合你的人。"

"班尼?噢,伊内兹,对于班尼我该怎么办呢?"

"我是绝不会给人提建议的!"伊内兹说。

28

她大老远跑过来跟我讲她的同事,这时发生了一件怪事,在她讲完后,好像她睁大眼睛的次数比张开嘴的次数更多,很难描述。

当然,她话开始多起来,考虑到我生活的无声世界,我不反对她聒噪。我发现她说的大部分事情都很有趣,或者说滑稽,或者甜蜜或其他。但是我有时候会忍不住想:她能在经历某件事时不谈论它吗?那似乎是她吸收所见所闻的方式,就好像她得将它磨细,才能够吞下去,好比靠领退休金生活的坏了牙的老人。

有人会那样使用照相机。我小的时候有一次,我们和妈妈的表妹布丽吉塔去哥德堡[1]度了三天假。布丽吉塔把所有时间都花在了拍照上:植物园、港口、里瑟本游乐园、游船、有轨电车。不知为何,她只喜欢她拍下来的东西,然后冬天她来拜访时,我们都坐在那里兴高采烈地回忆那趟旅程,看她的相册,她没拍过照片的东西她一样都不记得了,甚至是酒店里那个会扭动耳朵的

---

[1] 瑞典西南部海港,位于卡特加特海峡,是瑞典第二大城市。

滑稽服务生。如果有一张照片洗不出来，布丽吉塔就会活不了，就好像减寿了好几个月，但她照的照片其实并不出彩。

小虾米就有点儿像那样，她什么都得谈，在其他地方倒都还好，只有一个地方真正让我烦恼：那就是在床上。就算她把我抚弄到了不能自持的地步，她嘴里还在喋喋不休，有时候谈我们正在干的那事，那让我感到有点儿不好意思："嗯，我不知道手肘是公认的敏感区，还是你把它变成了一个敏感区的？……你知道吗？尼维斯公爵夫人把她的私处画了张地图，用水彩上色，这样她的情人们就能更容易地满足她。"

她会这样一直说个不停。而我从来找不到什么可说的。

那天晚上讲完那个老太太和她的档案柜后她就变了。尽管她说她想留下来过夜，但起初她貌似没心思亲热。她脱掉衣服，仰面躺在床上，静静地凝视着天花板。但既然她每次来我都感觉像过圣诞节，因此我的手一刻也不能离开她。

有时候我想我是在试图把她的身体铭刻进脑海里，好像它会消失一般。我知道她的锁骨后面哪里有凹陷，她笔直的小脚趾头，她左胸下的胎记，和她前臂上的白茸毛。如果我们玩蒙眼捉迷藏，我绝不会误把她当做其他人，至少她没穿衣服的时候我不会。我想，实际上，我仅凭她翘鼻子的方式就能认出她。好笑的是，她认为她自己完全引不起人们的兴趣，只要她还是她，她就不会。

那天晚上她一言不发。我不知道是否能向她示爱，当她认为时机合适的时候,她通常都会给我一个明确的信号。然而接着她深深叹了口气,猛地把我扑倒了,她拿起我的双手,把它们放在我胸前。然后开始跟我玩蒙眼捉迷藏,她依然默不作声。

人们经常看到孤独的人去理发店、去看牙医和脊椎推拿师,尽管他们并不需要,他们只是想得到人们的触摸。她从来没有像那样碰触过我——这和敏感区毫无关系,不管怎么说,这会儿是没有。我想她的眼泪要流出来了,我知道她在哭。她的泪珠落在我手上,但是当我试图说点什么时,她把手指放在我嘴上。

"嘘,我在体验我的人生!"她说,我不知道她这话是什么意思,但接着一切便不言自明,就像在梦中。

29

  你爱抚的双手
  给了我肩膀和胸脯
  给了我足弓和耳垂
  和我大腿间的小松鼠

  他脸上有几个小水痘疤,一个在他的太阳穴上,一个在他的嘴角。今天上午,我在电脑上进行一项复杂的参考资料搜索时,发现自己在用食指抚摸键盘,好像那是他的脸和疤痕。我闭上双眼,从P一路摸到D,用我的指尖抚摸着略有些下陷的凹面键,然后睁开眼睛,看着我的手,好像我之前从未见过一样。这些瘦长白皙的手指知道他颈骨的低处,锁骨的凹陷处,他前臂扭曲的血管,它们从他的发际线一直延伸到肚脐,一直向下……

  生活变得如此实在,我感到我正在失去对它的控制。人们告诉过我,当他们停止抽烟时,他们会突然懂得欣赏茶的芳香,奶油的鲜美和春天馥郁的香气。我的触觉细胞似乎经历了这样的飞跃，我能感觉到一张椅子的柔软，它就在我的大腿下弹跳；感觉到亚麻布在手下粗糙的质感，将一根羽毛从唇上擦过会准确捕捉到那小小的激动。我不能再这样继续下去了，每当我开始抚摸身边的东西时，人们都会会意地拍拍头，面朝天滚动眼珠。

我得给玛尔塔打电话。当我告诉她我一直在爱抚我的电脑键盘时，她奇怪地喔了一声，那声音低沉、热烈，像在保护什么，似乎特为我感到开心。但是她嘴上却只说我要小心了，别因为性骚扰办公设备而被抓进去。

我从来不是个特别耽于声色的人，和厄尔扬一起生活教会了我这点。我对性泰然处之，实际上，我甚至为此感到自豪，好像它使我变成了一个理智的人，超然于肉欲之上。我对小报的周日性爱增补版面嗤之以鼻：这里用力，在那里舔，有时候以"这样才能让他对你永葆爱意……"作为总结陈词。貌似都说得头头是道，具有临床有效性，就像教人重新给浴室铺瓷砖的课程，教人尽可能地使用最好的技巧来把边角弄平。我是说，给大众普及效率和效能的课程并没有什么错，但是别跟我说这和爱情能扯上什么关系。我拒绝将闺房之乐作为事业来追求，上班时间高效工作就已经让我够受的了。

而厄尔扬很理解我，他很开心地扮演着需求比妻子多一点的丈夫角色。我的性冷淡似乎让他感觉更具雄风。如果我饥渴难耐，伸出一条腿，将他压倒在客厅地毯上，他将会作何感想？我想他当即就会蔫了。回顾过往，我并不相信他自己有多享受肉体上的快感。

因为，我们分开一段时间后，他从来没有像班尼有时候那样表现出孩子气的不耐烦，好像他手里攥着钱，鼻子在糖果店的橱窗上压瘪了，在那里站了不知多久，都快想死了。班尼是彻底看过我身体的男人，每一平方厘米都不曾放过，用他的五官，有时候甚至是第六感，至少我感觉是这样。他在我身上找到了我从不知道其存在的胎记，他把鼻子凑到我膝盖下，或躺着看我的一个乳头，好像他从来没有看过一样。当我笑他时，他有点儿恼怒，告诉我说这跟他的职业有关：他已经对检测牛羊的乳房习以为常，要么就是他希望我能跟他分享。

当他第一次在我身上开始他的探寻之旅时，我真的很尴尬，我问他是否在给我做身体年检。但实际上，主要是因为我感到愚蠢地、出乎意料地害羞。我不知道自己是从什么时候开始探测他的身体的，但是从那一刻起，我们对彼此的发现增加了一倍，再以后，如果他没有把我的手抓在掌心，我就会感到空虚。

有时候当我看着他的嘴唇，想着它们曾吻过我身体的哪些部位，我的脸依然会羞红如血。我！那个为了保持卵巢正常运行，曾将情人当维生素药丸定期开给自己的女人，也会害羞。

30

我们通常是在我的住所,因为我要离开会比较难,但是我们间隔地也会去她的公寓待一晚。我一点儿都不喜欢她那里,那里的墙壁是白色的,地毯是白色的,她的那几样家具都是金属管状的。我感觉就像身处一个令人毛骨悚然的病房。她站在厨房里煮什么让我害怕的蔬菜调和食物,好像我还没回过神来,有人就会将头从门内伸出来说:"请进。医生在等你!"

她在房间角落里放了几盆盆栽,像小白桦树一般高,我觉得它们也许是塑料的。公寓里的所有东西似乎都消过毒,不会让人过敏。唯一一个能给它增光添彩的东西就是我送给她的那张海报,它其实很傻,难得她还会保留着。

要不我送她几幅妈妈的十字绣吧?天知道,我那里实在是太多了。我想妈妈五十年来肯定每个星期都绣了一幅,大部分她都当做生日礼物送给了亲朋好友,无论我在村子里走到任何地方,都能看到她精细的手工作品从某个角落盯着我的脸看。家里还剩下许多,挂满整栋房子都绰绰有余,阁楼里有满满一大箱。

她那里没有电视机，当然也没有录像机，所以凡有大型赛事，我是不会去她那儿的——但我当然不会对她说实话。那样的夜晚我会哄骗她说"我得处理一些文件资料"。结果有一次她反倒跑我这边来了，然后，当然了，我只好眼睁睁地错过赛事，和爸爸的写字台以及桌上堆积如山的文件做殊死搏斗。没料到这次我进展神速。我在这里找到张透支单，在那里找到张讨债单，还有付款的最后期限，反复提醒通知单，大半个晚上我都坐在那里大汗淋漓，倒真把大部分积压待办的事项给消灭掉了。也许她是我的守护天使，只是她自己不知道罢了。

我坐在那里，愁眉苦脸地对着经常项目收支表，而她却偷偷溜到我的大腿上，四处乱摸，毫无廉耻之心。经过这种专业调教，我觉得某天我肯定能成为一个勤勤恳恳、一丝不苟的会计师……嗯，好吧，我们不是总有精力做深夜蒙眼躲猫猫游戏的。我的意思是说，我每天天不亮还得去牛栏呐。

我问她为什么没买台电视机。她每次来我这里，都会目不转睛地盯着每个节目看，尤其是广告。她最喜欢的广告莫过于那些胖嘟嘟的婴儿口齿不清地说他们屁股上包的纸尿裤非常温暖舒适。她看任何节目都惊奇地睁大双眼，无论是请心满意足、以种花弄草打发时光的退休者到播音室当观众的访谈节目，还是总以车辆坠下悬崖告终的深夜惊悚节目，她无一不喜欢。我们在电视机前的长毛绒地毯上做爱，而她的眼睛还死死盯着《朋友》节目。

"你看！"她说，"像我这样的人要是有电视机会变得不可救药！"

她唯一不能忍受的是体育节目。她一听到体育节目的主题曲，就开始不耐烦地呻吟，从她那个花布包里拿出本讨厌的诗集。无论她走到哪里都会随身携带着它，她的包里总放着几本书。

要不她就极力分散我的注意力。在长毛绒地毯上，叉腿坐在我身上，而我的眼睛却依然盯着布约克拉文球队的赛事。

我们有几次租了电影，更确切地说我们是从来不会只租一部的，因为我们的意见从来不能一致，我们会租两部。然后，在我看我那部时她会拿出她那花布包，而在她看她那部时我就睡觉。

就像妈妈和爸爸过去常说的那样，我们就像粉笔和乳酪，天差地别，但我不想和她结束，再说了，她好多天才来一次。

31

那么好吧

你有桶和铲子

但我有漂亮的烘烤盘

有时候我会问他想不想让我给他从图书馆借几本书,因为他自己铁定抽不出时间去。"书这个东西,只要你读过一本,就算全读过了,而我去年已经读过一本了!"他得意地说,把两只眼睛挤成了斗鸡眼,还傻了巴叽地笑着。

有时候我会说服他去看场电影,往往他下定决心要看《金牌警校军》那样的,我却会诱惑他去看《钢琴》,他只得闷闷不乐地陪我看一会儿。当看到沼泽地的爱情场面时,他的手指不安分地在我大腿间摩擦,一路向下滑,直到我扭动得像钩子上的蠕虫。"我此刻正在错过体育新闻!"他在我的耳边生气地小声说。

从电影院出来的路上,他怨声载道,惹得路人频频侧目:

"过去的人不会这么傻，他们有常识，他们会挖个适当的摆放点，不会把钢琴在海滩上搬来搬去！"

一次，唯一的一次，我拖他和我一起去了剧院。那天上演的是一出前卫的黑色戏剧，里面有许多小场景，为的是凸显现代生活的空虚。他在观众席死一般的寂静里大声欢呼。"自从看过《101斑点狗》之后，再也没有这么开心过了。"他在剧院门厅里高声宣布，挑衅地瞪了我一眼。

"你这么做只是为了激怒我！"后来在汉堡酒吧时我冲他咆哮，"没有人说你精神错乱或弱智。那你为什么就不能忍受我拥有自己的生活方式，承认我的人生也有点价值？我去你那里从不会对你的圆盘耙做愚蠢的评价！"

"但是我从未料到你会傻坐在那里，盯着它看了两个小时。"他愤怒地说。随之而来的是沉默。

为了说服我，他随后拖我去参加了什么"用拖拉机拖过礼拜日"的乡村活动。巨大的拖拉机拖着沉重的负荷，争先恐后地奔驰，朝清爽的秋日空气里吐出团团绿柴油气，闹声喧天。要是厄尔扬目睹此情此景，一定会愤怒地连转几圈。我感到恶心，就算此刻轻松自在，也感到恶心，怎么想都觉得恶心。班尼将他那顶森林业主的帽子又顺着鼻子往下拉了点儿，完全无视我的存在，一个劲儿地和其他戴帽子的家伙谈化油器。

然后我们回到家，疯狂地做爱，激情四射。

"就这样吗？"我对玛尔塔哀号。

"何出此言？"她奇怪地问。

我们感到最开心的时候是我们后来躺在那儿，四肢纠缠的时候，平静而放松。我们经常会想出些小测试来加深对彼此的了解。

"假如你和一头没有拴着的野牛面对面，你会怎么做？"他问。

"我会飞快地一跃五米，跑到篱笆边，趁着我还能爬过去时赶紧逃之夭夭，就算跌得血肉模糊也顾不得。"我回答道。

"噢，错，这样绝对是下策。我要朝牛走过去，严肃地告诉他，牛兄，你怎么能在大庭广众之下骚扰女性，那位牛兄一听保准会晕过去！"他说。

"如果你在一场时髦派对上四处走动时突然发现裤裆拉链没拉上，老二呼之欲出，你会怎么做？"我问。

"我会把老二整个掏出来，说我是全国男性露阴者协会派送来的，并问人们是否愿意捐点儿钱支持我们的工作，"他直接回答道，"不，在现实生活中，我会趁着无人注意赶紧拉上拉链，但是不小心把台布扯进去了，将所有的盘碟都拖到了地上。然后我会拉链上挂着台布，咧着嘴傻笑，后退着朝门跑去，从人群中往外挤时，不小心摔下楼梯，摔断了腿！好了，现在轮到我了，如果你买了一本书，然后走到另一家书店，那里的助手怀疑你买的书是在商店偷的，你会怎么办？"

"我会歇斯底里地大笑一声，重新付钱，而且我会买三本同样的书,翻来覆去地说这本书太精彩了,我想给我所有的朋友人手赠送一本,然后红着耳朵离开商店,故意把四本书全都忘在柜台上!"

我们异口同声说如果他是全瑞典天字第一号失败者,那我就是他的绝配,将来会和他一样肚子填满东西,并排陈列在民俗馆同一个玻璃柜里,供人观赏。

32

冬天那几个月，农场上没有那么繁忙了。我真应该种些树，但是十一月里，飞飞扬扬下了许多湿冷的雪，行动很困难，至少我是这么为自己偷懒开脱的。寒风啸啸，飞雪飘零——这种鬼天气，穿再多的衣服都不能抵挡那刺骨的寒气。

我真正迫切地感到想要为这栋旧房子做点什么。我倒不是说在前门廊上装饰漂亮的木工雕刻，那在我必做的事项中排位靠后。但是……

我有天看到一个节目，讲一些五十年代的加油站被列为了历史建筑。我突发奇想，他们也可以把我的客厅列进去。厨房也是。妈妈从来没有对家庭装饰真正感过兴趣。她只是让房子保持干净，但是另一方面，她宁愿让大部分东西保持她父母年代的原貌，她和爸爸一起买的任何一样东西她都不忍心丢弃，而我呢？

房子里唯一一间让我感到迫切想要装饰的房间是我自己的。在我大约十七岁时，就在我接管农场前，我在爷爷那单调的旧棕色墙纸上乱涂乱画，将它抹成了一团黑！我在床上铺了一张虎皮地毯，把海报贴在墙上，海报上画着留着长发的瘾君子，外加一个关节凸起的裸体女人，她的身体被蓝色的铅笔线一道道划开了，看起来极其大胆，黑色。天哪，我酷毙了！卡瑞娜也认为我很酷。那是一个仲夏夜，我的父母都外出了，我要留在家挤早间的奶，我偷偷把她带到我的房间，试图在她身上画同样的图标，用标记笔。我们都喝了不少，那酒很烈，很容易让人失去理智，我们都酩酊大醉。我们在虎皮地毯上四处打滚，使它看起来相当恶心，后来妈妈把它扔出去了，什么都没问，她就是那个样子。

后来，我摘下了那张瘾君子的海报，挂上了一幅巨型拖拉机，但是我从来没有机会重新装扮房间。德西蕾有一次说，每当她看到那黑色的墙，就感觉像是躺在地窖里。从那时起，我开始反思我是否应该更换房子里的一些东西了。我觉得自从她走进我的生活开始，我就萌发了筑巢本能，然而我应该弄得更明白些。后来事实证明，这整件事成了雷区，一碰就爆。

首先，我将房间重新贴上了非常漂亮的花纹壁纸；然后我从海伦商店的目录上订购了一些做好的窗帘，白色的，打了许多褶边，用闪亮的彩带把它们在窗边束起；我在原先挂拖拉机那张海报的地方挂了几幅妈妈的十字绣来锦上添花。

我边忙活边计算着她还要过一整周才会来，当她真的到来时，我立马把她拖到卧室，嘴里吹着小号曲，推开房门。

她的眼睛瞪得像灯笼。"噢……很漂亮！"这就是她全部的反应。

我站在那里，顿时泄了气。然后我想方设法想从她嘴里多套出点什么，夸我聪明，说……

说她知道她会在这个房间变得真正开心。

结果她禁不住我的纠缠，只得敷衍说现在卧室要亮多了，似乎也大了些。

"但是你不觉得看起来很漂亮吗？"我接着问。

我不该问的，德西蕾是个不太会撒谎的人，甚至说两句善意的谎言也会要了她的命。她只说我按照自己的品味而不是她的来装饰房间无可厚非。

"你是说你想来这里帮我选壁纸吗？"我来不及住口，话已经脱口而出。

于是这彻底让整件事变得一发不可收拾，尽管我当时并没有意识到，这个问题来得太早了。她只是回答说，"不，我为什么要那样？"然后她走过去打开了电视机，因为她不想错过新闻。

然后整个晚上都笼罩在一种莫名的气氛里，我们开始对新闻争论不休。她是左翼分子，不彻底的香槟社会主义者[1]，其实更贴切地说不过是个凉茶左派[2]；我维护雇员的利益，因为我把自己看做一个小商人。每当她发现我在为国际大企业说话，她便即

---

[1] 指一些人尤其是政治家标榜为穷人或工人阶级谋利益，标榜支持社会主义的构想，但在生活中却没有任何实际行动，反而享受着富足奢侈的生活方式。

[2] 意指在高级餐厅里享受着凉茶，却热烈主张进步的左派价值的人。

刻揪住我不放，因为她比我更习惯辩论，甚至逼我说出了一些言不由衷的话。我发火了，勃然大怒：我主张伐树要节省，对天真的农艺师冷嘲热讽；她激烈地对环境破坏和地球资源开发侃侃而谈；我谴责她是个动物权益分子，他们放火烧装肉的卡车。

这整个时间里，我其实感觉到了我们真正在吵的是有关卧室的壁纸，她想挑起争端，是因为她不想正面面对这栋房子里发生什么和她有关的问题。

我们没有做爱就睡了。

但我们还是手握着手。

33

我爱简单的选择，

干净的线条，温和的颜色……

开满鲜花的夏日草地

对于我

实际上有点儿太过了。

当我第一眼看到那窗帘，我死命强忍着才好歹没有笑出声，它看起来就像《飘》里的舞会袍，我意识到十字绣已经侵入了这栋房子的最后一块圣地——他的房间，我亲爱的旧地窖。但是他却站在那里，充满骄傲，我感到心情跌入谷底，一时说不出话来。我根本就没打算对他的装饰品味评头论足——因为那将暗示我认为我在这件事上有说话的权利。然而那是我根本不想沾边的话题，因为时机未到。

接着我们在电视机前愚蠢地争论不休！我引诱他掉入一个又一个陷阱，感到得意洋洋，但是后来我差点儿哭了。我最不想让他做的事,就是说出所有那些反动的陈词滥调,因为这样我会对他彻底失去尊重。尤其是我心里其实知道他既不愚蠢也不反动。他懂我从未涉足的领域。但如果两人身处不同的星球,就毫无办法。

还有些时候,这种不同是以更温和的方式表现出来的。

打个比方说,我们彼此不能苟同的另一个方面是对服装的品味。

一天他拎着一个戴安娜服装店的购物袋出现在我的住处,那是一家五十多岁的女行政人员喜欢光顾的商店,她们能在那里买到时尚三件套裙装,海军蓝,配上漂亮的小围巾。如果是特殊场合,上面还别着编号,刺绣上的闪光装饰片像湿疹般分布在胸前。玛尔塔和我经常朝他们的橱窗看一眼,只为一笑。

"他们有促销活动!"他得意地说,"来吧,打开!"

不是套裙,也没有什么派对号,是一件展开的、令人望而生畏的"女孩子"式样的短裙,上面缀满了大朵大朵的淡紫色玫瑰和荧光的绿叶。如果把它挂在家里的墙壁上当艺术展览品观赏未尝不可,但是穿着它招摇过市?打死我都不会!

"但是……不适合我!"我冒昧地说,尽量不去伤害他的感情。

但这是徒劳的,他立即明白了。于是我跟他仔细解释,不想让他认为我虚伪。"它……嗯,很可怕,实际上。"

很显然,他宁愿我虚伪点儿。

"你为什么总要穿得像被刚刚冲上岸的僵尸？"他咆哮道，将那条裙子放回购物袋里。"无论如何，请接受。把它撕成破布，用来擦窗户总可以吧！"

"僵尸！"我顿时语塞，"你自己留着吧。以备你想要擦窗户的时候用得着！或去牛栏穿，那里面的气味臭不可闻！"

我们彼此怒目而视。

然后他沉重地坐在我身旁的沙发上，坐在他自己手上。

"我不揍比我个子小的人！"他咬牙切齿地说，"我不，我不！"

"但是我的确会推他们。"他补充道，接着猛推了我一把，我倒在了沙发上。他剥下我那用全天然有机棉花织成的T恤，"好好想想吧，你不穿衣服的时候才最好看。或不管怎么说，不穿你自己衣服的时候。我从来没见过比你那顶毛茸茸的伞菌图案羊毛帽更难看的东西！"

我无意中发现他买这件裙子还花了不少钱，而我知道他没有钱还打肿脸充胖子，于是我说我们一起去逛商店，我要给他买几件价值相当的衣服，作为和解。但衣服得由我来选择，如果他不喜欢，他大可以当着我面告诉我。我们这样就算扯平了。

我们在百货商店逛了好几个小时，直到最后他不得不像往常一样冲回牛栏。我抚摸着柔软的玛百莉[1]法兰绒衬衣，小方格，

---

1 英国顶级品牌，自70年代成立起，一直出品英国最创新前卫的高级皮具。

蛋壳黄或者说烟草棕,对乡下地主来说是再合适不过的休闲装!"我只会从目录里买那些衣服,特价三包,在牛栏里穿!"他嘟囔道。一件短得露腰的时髦法国衬衣让他爆笑。"我穿上那件衣服肯定会受到许多男同志的邀请!"他说。

我像被一条绳子拴着的猎狗,他不停地将我朝一排排搭配着领带、式样奇特的衬衣和风格怪异的夹克处拉,那些夹克十年前在好莱坞曾风靡一时。当谈到城里穿的"时髦"服装,他偏爱皮条客的装束。"工作服根本不需要在商店买,从邮寄目录订购就行了,你可以把它们算进农场开支里。"

最后我不得不给他买了一件像我穿的这种T恤,他欢快地承诺下次打扫撒肥机的时候一定穿上。

34

"我看看你的橱柜和抽屉你介意吗?"她问。

我想:除了那些旧黄色杂志,我没什么要遮掩的,如果它们真被翻出来,我做好了为自己辩护的准备。

但是她翻出了更糟糕的东西。

她找到了我高中的总结报告和成绩单。

她的视线从头到尾扫过我的好成绩,嘴巴张得老大,差点儿都要掉到她小小的胸部上了。她变得兴奋异常,结结巴巴地说如果我不介意她说实话,真可惜我的父母没能让我完成学业,我的成绩那么好!她开始说什么为成年学生开设的成人教育、补助金和课程之类的胡话。

那是我第一次真正对她动怒,我真想狠狠一拳揍在她苍白的蛋壳脸中央,揍到她鼻子流血为止。但我们家没有对女人动粗的习惯,这无关骑士精神,更主要是因为我们不想伤害一个宝贵的劳动力。

但我的确想揍她,她算哪门子劳动力。

然而我没有,她还在滔滔不绝,我穿上外套,一声不吭地冲了出去。我去了牛栏,检查一只患了产后麻痹症的奶牛,她刚开始尝试在牛栏的草垫上站立。我怒不可遏,以至于当她挣扎着站起来,我抚摸她头上沾满汗水的发脊时,手抖得像筛糠。她终于好不容易四条腿站直了,用力地咀嚼着我喂给她的额外几勺浓缩饲料。我把额头贴在她的身上。"别放弃!"我小声说,"别放弃!千万别放弃!"

然后我回到了屋里。

德西蕾小姐,我深爱的人,给我了一个愤怒的响鼻。

"你就不能把牛栏服留在地窖吗?"她说,"不管怎么说,那些为成年学生开设的寄宿课程……"

我把拳头攥紧了,压在耳朵上。

"你知道自己在胡言乱语什么吗?你在劝我卖掉农场!"我喊道,"难不成我靠成年学生助学金去上大学期间,你会帮我看管这里?还是说你想让我带上这些牛一起去,把它们关在学生宿舍里?"

她脸色变得更苍白了,苍白得掩盖了她蜡黄的脸色。

"我不知道你激动什么,"她小声嘀咕,"如果你真想学习,总能想出办法的,我只是想说你有学习的头脑,但是也许你不想,就当我没说过!"

"想!"我咆哮道,"噢,是啊,我也许想!但接下来要怎么办?我花五六年时间求学,为我已经高筑的债台再添加五十万克朗吗？也许将来能成为一名图书管理员，扭怩作态地在书架间走来走去，为我那一流的学历洋洋自得？你根本不懂我父母想让我做什么！"

她哑口无言地坐在那里，眼睛锁定在我的成绩单上，我一把从她手里夺下，将它撕成了小碎片，从她的头顶淋下去。我彻底失去它了。

"你根本不关心我想要什么！"我怒吼道，"你只管自己想要什么，想要有人和你一起谈拉空，这样你在你的图书馆朋友面前就不会感到惭愧。可你对经营农场一窍不通，我想要的是谁能帮我为刚产小牛的母牛及时喂上药，这样它们才不会倒下，不会放弃！"

我在吼，声音越来越大。

她站起身来。

"你这样大呼小叫，究竟想用声音压倒谁？"她只说了这么一句就快步走出了房间。我听到院子里传来汽车发动的声音，然后是震耳欲聋的沉寂。问题悬浮在空中，无人回答。

35

>水里没有留下我的影子
>在班级合影里她叫我什么就是什么
>我的金耳环将由国家继承

我这辈子从没感到这么难受过。

刚开始我是由衷地开心,我在一个抽屉后面找到了他的成绩单,夹在一个游泳证书和一台轻便摩托车的剖面图之间,它证明了我一直以来的猜测。几乎门门课都冒尖——瑞典语、数学、英语,只有两门课不及格——宗教和手工。他那付肩膀上长着颗聪明的脑袋,他只是没有时间成为学者,我知道自从他会走路起就不得不在农场上帮忙。也许正因为此,每当我试图将高雅文化强行灌入他的头脑中时,他总是有意做出没受过教育的农民行为。这对他来说是挑衅,他知道如果他让自己去接近文化,他能够做出点成绩来,他不得不承认自己错过了一些东西,做出了"错误"的选择。

对他的愤怒爆发我完全没有思想准备,我似乎没有什么可说的,我只不过是想试着去更好地了解他,我以为我们也许能找到几颗星来搭建那座桥,金星。

当我奋起反击,急速离去时,我的双眼里饱含着自怜的眼泪。噢,我错得多么离谱。

当然了,我根本不是他要的那类女人!那天晚上六点左右,当我喝完第十四杯茶时,我才意识到,是我完全错误地理解了这件事。那个小笔记本里总夹着金星的女孩,从妈咪那里得到了无数褒奖。聪明的德西蕾将要把教育和文化之光照进他蒙昧的乡下黑暗里,这很正确:我对他父母寄予他的希望一无所知,我所知道的只是他们已经死了,他在他们的坟上修建了一整座中央花园。

我突然异常想念自己的母亲,想得那么厉害,以至于我甚至也有点儿想爸爸了。想念那张大大的橡木餐桌,那是我们家的传家宝,过去我常坐在桌旁,大声地朗读我的英语课本给妈咪听,发音极其夸张。她不会说英语,但她每个夏天都会送我去英格兰上一期语言课。我第一次磕磕绊绊地在钢琴上弹奏一首莫扎特小奏鸣曲时,她哭了,她拿不定主意是要让我成为一名钢琴家还是在我任意选择的一个领域成为诺贝尔奖获得者。

结果我成了一名图书管理员,收入不多,欠了几十万的学生贷款,但是书读得很好。我不再弹钢琴,但现在能在口琴上吹《铃儿响叮当》。再没有人比我更适合向罗温农场的大班尼布道了。

第二天,我不敢接电话,我害怕会是班尼打来的,我更害怕不是他。所以我休了三天假,告诉爹地说我要回家。

有人说他们能告诉你他们成熟的确切时刻,玛尔塔说那是她发现自己的妈妈和隔壁的红发男人躺在床上的时候。玛尔塔家只有她是红头发。

而对我来说则是这次回家之旅。

我并没有发现什么家庭秘密,如果有,那也早就埋在了内陆冰层下,没有发生什么特别出乎意料的事情。爹地不情愿地放弃了一场扶轮社[1]的例会,跟我暴躁地抱怨他们给他派来的护工多么无用、懒惰。在闲聊的间隙,他什么都没说,没有对我的生活问过一个问题,关于妈妈他也只说,"她得忍受现状。我没有精力一直往那里跑,她当然不能指望你!"

噢,不,她能指望我,我想,我在这里的时候她能依靠我。我要去那里看看她的手是否还和我记忆中的感觉一样。

我一连三天都去看望了她。有一次她微笑着对我说,"噢,你在休假吗,小宝贝?"除此之外,她说什么我都不太懂,尽管她说了很多,她的脑袋像个发生了故障的电话交换机,不停地应答错误的电话。

坐火车回家途中,我突然想到,如果我非得填写一份表格,亲属的那栏倒不如留空。如果晚上我在火车上起来上厕所,开错了门,掉进了无边的黑暗里,那对这个世界不会有丝毫影响。

---

[1] Rotary,以增进职业交流及提供社会服务为宗旨的一个国际性社会团体。

36

我一连好几天发了疯似的工作,这样一来,电话响的时候我就不会在家。我甚至出门,清理出了一块种树的地方,尽管我通常都尽量不一个人去森林干活。我知道有很多人被困在倒错方向的树下,或拖着被锯开一半的腿从林中爬过。然后我想:如果这种事发生在我身上,谁会来为我在报纸上登讣告?我想象着世界上最长的死亡公告,由二十头奶牛签上它们的名字和号码。

但是我不是森林里的婴儿,我不会迷路,我不是独自一人,我知道这点。很快就到圣诞节了,至少有十个人邀请我过去和他们一起过节。有我的亲戚,但是他们都住得很远,他们也知道我不能真带着牛一起过去。然后是村子里的左邻右舍,有对老夫妻是妈妈最亲密的朋友,他们自己没有孩子——如果我圣诞前夕出现在他们面前,他们肯定会高兴得像麻雀一样忙乱地招待我。本特·戈伦和瓦奥莱特自不必说,他们把我和他们一起过节视为理所当然,而我也毫不客气地这么认为。瓦奥莱特的圣诞节自助餐无人能敌!

我尽量不去想和小虾米一起站在圣诞树前的灯光里的温馨场面，也不去想我们吃着从商店里买来的、直接从塑料包装中拿出来的，而不是传统自制的腌猪头肉，或讨厌的小扁豆汤了！

妈妈和我过去常常邀请邻居过来，甚至去年我们都请了，医院容许她回来几天，英格里德姑姑和我的表妹安妮特开车带来了一箱箱食物。我们总共有十一个人，我们都知道那将是妈妈在世的最后一个圣诞节，但是我们真的过得很开心，尽管听起来很奇怪。安妮特是乡村医院的护士，之前她在瑞士工作过好几年。她跟我们讲起她在那里的故事，然后大家开始吹牛皮，聊起童年的记忆和老掉牙的家庭笑话。当格勒热姑父重操旧技，像往常一样模仿艾菲特·陶布[1]歌唱时，我们甚至都捧腹大笑。夜晚的时间在一点点流逝，妈妈突然狡猾地说："嗯，也许我应该让年轻人单独待一会儿！"她是指我和安妮特。我们顺从地坐在那里，喝着白兰地掺圣诞节根汁汽水[2]，一直聊到圣诞节早上四点半，安妮特告诉了我她是如何被一个已婚瑞士医生搞大肚子并堕胎的。

我今年不想花费精力给房子做圣诞装饰，我闷闷不乐地坐在厨房餐桌旁，四下打量着厨房。

妈妈肯定感到很绝望。我放任这栋房子自生自灭，它已经有了废弃的农舍或老光棍旅馆的味道。我要把阳台扶手重新粉刷一

---

1 瑞典吟游诗人。
2 用姜和其他植物的根制成，不含酒精，盛行于美国。

下，把排水系统重装一下——但是当涉及室内装饰时，我就不知从何下手了。我做了基本的打扫，但是我不会给小块的布上浆，也不会将圣诞小矮人的粗呢带子挂在厨房的架子上，就像妈妈过去在圣诞节做的那样。

那对老夫妻将两株细长的粉红色风信子和一大盒阿拉丁巧克力装进一个塑料篮里送给了我，作为我帮他们的休耕牧场除草的回报。我买了一盒特价红蜡烛。到时候我把几支蜡烛放到烛台上点亮，这样我至少就不必看厨房其他黑暗的地方。我把电视机搬进了厨房里，现在我一进门就会把它打开，它兀自在角落里欢天喜地地叫嚣。

圣诞夜的前两天，晚上十点，小虾米打来了电话。

"是我。我能和你一起过圣诞吗？"她问。

"你当然可以和我一起过圣诞！"我说。

第二天我便开车去接她了。

37

我们像两只毛发粗乱的熊,你和我,我的朋友,
当我们爬进巢穴里,忘记人类的嘈杂声,
梦想夏天永不会结束。
他们阴暗的建筑物蚕食着
寂静的森林和午夜太阳靠近的梦。

冰冷刺骨的寒风和黑暗一天天加深——
到这里来,远离狼嚎,
靠近我身边,我给你温暖!
等待的猎人不惧风暴。
让我把鼻口藏在你的皮毛里,
如此粗糙,却又如此温暖!

玛尔塔和她的"激情"邀请我平安夜去他们那边。我之前提到过,"激情"的真名叫罗伯特——玛尔塔叫他罗伯蒂尼或该死

的鲍勃,这要看特定时刻她对他的感受和最近他有没有做什么羞辱她的事。罗伯特四十五岁,他把他那头黑发打理得精致有型,遮住了头上一块秃顶,依然能迷得橱窗里的人体模特脱掉内裤——我这不是说假话,他也一直想对我施展他的魅力。

我的几个独居或是单身父母的图书馆同事决定在城外一所出租屋过平安夜,人人都自带一些东西来做自助餐。我是最热心这个倡议的人之一。一旦罗伯蒂尼喝下几杯甜香的热酒,可不是我能对付的。

我出去想给同事和同事的孩子买些圣诞小礼物。

但是我却买了一大袋送给班尼的礼物回家,直到晚上我才意识到我买的每一样东西都是送给他的。我试图说服自己这些礼物是买给孩子们的,或是给集体过平安夜的快乐一族买的,但我的头脑中想到的全都是班尼会不会喜欢。到了这分儿上,我屈服了,我给他打电话问我能不能跟他一起过圣诞节。他当即答应了,这让我们俩都感到很意外。我挂断电话,小哭了一会儿,我在内心深处看到一扇列车门面朝黑暗大开着。

第二天他来接我,我们在多莫斯商店来回逛了无数圈。玛尔塔把一本沾满油污的三十年代的旧瑞士公主食谱借给了我,我买了做超级1号太妃糖、松脆甜甜圈、塞肋排(假烤鹅)、俄式鲱鱼的作料。我还有几个计划,但因为在超市找不到碱、啤酒麦芽汁或全脂牛奶,不得不放弃。班尼一门心思想要吃腌猪头,但是这道菜要有一个大猪头才能做,于是他只得把一腔热情转到肺杂拌菜上,他声称他那里有小牛杂碎。当我在调味品货架上所有那些各种各样异域的调味酱中寻找碱时,班尼偷偷开溜了,回来时拿了一袋东西,不让我看。然后我们开车回到了罗温农场。

我们打开厨房里的荧光灯,把茶巾绑在我们头上和腰上,将瑞士公主食谱靠在电视机上,开始忙活。

超级1号太妃糖进行得还好,但是我们忘了买糖盒子,班尼却认为他对照书本用防油纸能很容易做出来。我们把香气扑鼻的混合物倒进他那皱巴巴的小发明里,欢呼雀跃。然而事实证明,松脆甜甜圈却是一大挑战。"如果面团发酵得太久,会形成气泡!"班尼严肃地引用书中的话说,他将煮蛋计时器设置成两分钟。

目前为止还不错,但是当做到将面团一端通过一个狭长的口子,然后打成一个结这一步时,我们完全被难住了。

"给我个公主,让我们看看她怎么将面团一端通过一个狭长口子,再打一个结!"班尼吼道。

我却一边和塞肋排(假烤鹅)搏斗,一边抱怨不缩水麻线和肉馅灌注针。实话说,我们俩都变得异常唠叨,在烹饪的过程中能走捷径就走捷径,还不停地喝着香料热红酒。我们也对猪排骨和鹅进行了妙趣横生的讨论,研究它们究竟是谁在模仿谁,是可怜的猪排骨试图看起来像鹅,还是可怜的鹅请求千万别给这道菜打上它的大名。我做排骨那块儿,而班尼做鹅肉那块儿。

俄式鲱鱼看起来非常诱人,有点儿像是尼基·德·圣佛莉[1]的一幅早期作品——她将彩画烘焙成熟石膏,用猎枪扫射出的一幅艺术作品。

那晚忙到十一点半时,班尼说厨房很像是牛栏——只是气味要好闻些,然后立即在厨房的靠背长椅上睡着了。我尽量把厨房清理干净,想到还有成群的筋疲力尽的家庭主妇排在我身后,我便感到无比地满足。

然后我要把他拖到楼上的床上。他居然喝醉了!当然我也是,这略微破坏了我筋疲力尽的主妇形象。当我一不小心把他摔在楼梯上时,他醒了过来,嘴里嘟囔了几句,然后又安静地入睡了。我站在他身旁,头向前探,费力地睁着一双醉意蒙眬的眼睛,专注地凝视着他那花里胡哨的壁纸,我甚至对那像舞会袍一样的窗帘产生了一种温柔的感情。

当然,这样生活是可行的,只做最好的朋友,他在他的星球上,她在她的,当孤独在他们的脖颈上呼吸太沉重时,他们可以在一起寻找乐趣。这当然是可行的吧?

---

[1] 1930—2002,原名凯瑟琳·玛丽-艾格尼斯·法·桑法勒(Catherine Marie-Agnes Fal de Saint Phalle),法国雕塑家、画家和电影导演。

38

在圣诞节前夕的早上,我蹑手蹑脚地去了牛栏,没有惊动她。我为牛唱着亨德尔的《弥赛亚》[1]中有圣诞气息的片段,是高音部分。那是我唯一知道的部分,但是听起来不赖。

然后我想把圣诞节米饭布丁给她端到床上,送她一个惊喜,但是,好吧,我没有付诸行动!她醒了自然会去偷看她买碱和水洗黄油时我开溜去买的放在手提袋里的东西。我买了一个加热即食的塑封香肠米饭布丁、一罐姜饼和一袋熟食鳕鱼(她一直在找生料——干鳕鱼和把它放进去腌渍的熟石灰……)。她可以在微波炉里把米饭布丁加热,把细长的风信子和红蜡烛摆到餐桌上。

"我就知道你不相信我的厨艺!"她说,"但是如果我听到你有一句微词,我会给你做的松脆甜甜圈拍张照,用来对付你。你今晚连鹰嘴豆炖菜都别想吃了!"

---

[1] 乔治·弗里德里希·亨德尔(1685—1759),著名的英籍德国作曲家。《弥赛亚》是其创作的一部著名清唱剧,包含了旧约及新约,内容关于基督的诞生、受难、复活,但没有故事情节,而用一种间接、象征性的方式进行叙述。

我们把自己包裹得严严实实以抵御严寒，吃力地朝外走去，去砍棵树。究竟选哪一棵我们自然也是争吵不休，我想砍一棵长不成上好木材的弯曲的小树，而她想要一棵迪斯尼圣诞树。最终，我们发现了一棵树，它丑得让她顿生怜悯之心，想把它带回家去，结果我们都很开心。

但是我无论如何都找不到装饰圣诞树的物品放在哪里了，妈妈告诉了我许多重要的事情，但是从来没有向我透露过她把它们保存在了何处。于是我们不得不亲自动手做：我们用锡纸做花环，将从超市免费发放的圣诞传单和从农产品供应目录的图片上剪下来的彩色纸条包在我的旧乒乓球上，将蜡烛头用橡皮圈绑在树枝上，最后插上加拿大枫叶旗便大功告成。

"瞧！知识在任何时候都能派得上用场。"她边说边小心谨慎地偷看了我一眼，我们一直都没有再提那次的大爆发。"周日学校！"她说着指了指她做的花环。"但是如果我没有自己的森林，你要把它们挂在哪儿呢？"我嗤之以鼻，在这个问题上我们俩都不需要说更多。

然后我们吃了圣诞午餐。俄式鲱鱼看起来像新鲜的菜园混合肥料，但是味道好极了，包括那个假烤鹅。我们把香脆甜甜圈端到外面给圣诞老人，但是转念一想，我们又把它端了进来，直接倒进了垃圾桶里。如果我们房子的小精灵尝过它们，很有可能会一把火烧了牛栏。我们把煮熟的鳕鱼也给倒了，无论是传统做法还是我们的创新法，我们俩都不真正喜欢这道菜。

结果我发现她原来会《弥赛亚》的女高音高潮部分，我们想着从哪里开始唱能合唱出一段最高音。"我想我们得齐心协力，一起生一个出来。"我说，话一出口我就后悔了，我不敢看她的脸，立马冲了出去，往牛栏跑去。这算是逾矩，我知道。我们应该平静地接受每一天的到来，这是我们没有言明的约定。我得管好自己。

挤完夜间奶后，我们将包裹放在树下，哄骗对方先打开。我们开始看送给彼此的无伤大雅又愚蠢的礼物：我送了她几坨塑料狗便便来给她消过毒的公寓增添点儿亮彩；她送给我一顶歹徒帽，上面别着一个印着美元图标的领带夹，是让我和我的大金融家朋友在一起时戴的。接着她打开我送给她的一双超大羊毛手套，而我发现我得到了一个叫"闹鬼的城堡"的玩具。很自然，我们俩都没有选择暗示一起共同生活的礼物——那是我们不言自明的协议。我斗胆送给了她一份特别的礼物。我从相框中取下了阿斯特丽德的照片，往里面放了一张我九年级时的学生照。

"那不是真正的我，但是是你喜欢的。"我说，她的脸有点儿发烧。

"我这里也有些你不真正想要的东西，但是我希望你喜欢。"她说。那是一本大部头书，贡纳尔·埃凯洛夫[1]的诗歌集。"我周围的自然世界充满了爱和死亡……"她读道，用眼角的余光打量我。我想愚蠢地开玩笑说：它的厚度刚好适合填平

---

[1] 1907—1968，瑞典现代诗歌领域最杰出的代表之一。

餐桌那条摇晃不定的腿,但我克制住了。她知道每当她试图把我往文化的道路上领,我都会像只发怒的奶牛一样乱蹬,抵死反抗,但是这次我感觉到她想送给我的这本书有点儿像是她自己。我想:孤独的夜晚,我躺在床上的时候看看也无妨,这并没有什么害处。好吧,我想如果你看的时候睡着了,它落在你头上会……噢,闭嘴,班尼!

我吻了她,然后我们玩儿了一次闹鬼的城堡游戏。这个游戏是让人们享受自我的,我们扮作两个迷失在森林里的孩子。在平安夜!

这个游戏的目的是让玩家找到正确的路,通过一系列房间,克服所有障碍,然后偷出宝藏,在时钟敲响十二点之前成功逃出去。我砍断了许多剑、怪物、无底洞和毒蜘蛛,也设法找到了秘密通道和神水。她一本正经地不停画着"空房间"卡片,一平方接着一平方,我是唯一一个活着出来的,尽管没有得到任何宝藏。

但接下来她却哭了,我不知道该说什么,"你输得真惨!好吧,我再进去,和你一起掉进无底洞里。"

"不是因为这个,"她伤心地说,"我觉得这就是我的人生,许多空房子。"

39

然后某一天我们醒来，冬天悄然离去
我们只剩下皮包骨头，冻得发抖，暗淡无光，我们瞧着这光阴；
把春的香气当沼泽地里的酒，喝下去
寻找野蜂酿的蜜。

体力在慢慢恢复，我们再次在森林里自由飘荡；
在小溪中抓鱼，开心地看冰雪点点消融。
冬天彻底走远了，我们帮彼此留住了温暖；
我们知道我们很快就会看到又一个春天。

不知为何，那个圣诞节，我们似乎都不想受到外界的干扰。我们没有离开农场，也不接电话。有一次，当我们看到有车头灯朝马路开过来时，我们立即灭掉了厨房的灯，然后握着彼此的手，静静地坐在黑暗里，有人在门上敲几次便走了。我们仿佛感觉到，只要我们向外面的世界打开哪怕一条细小的缝隙，各种盗尸者和鬼怪就会钻进来，骷髅会从橱柜里倒出来。

我想最后发生的事验证了我的担忧。

第一个到来的盗尸者就是班尼的朋友本特·戈伦和他的老婆瓦奥莱特。他们很鬼，他们知道班尼什么时候会在挤奶间，无处可藏，于是挑这时候来了。班尼把东西拎进去，把他们留给了我，自己去冲澡了。

从一开始我就感觉情况不妙。

瓦奥莱特带来了一整袋他们圣诞自助餐剩下的食物，她做的自助餐无疑能让城里一流酒店里的好几道菜黯然失色。"嗯，班尼告诉我说你不会下厨！"她咯咯笑了，会意地看了一眼我们刚刮净的塑封香肠米饭布丁。

我当然恨死了班尼，我感到被人出卖了，遭到了中伤。更糟糕的还在后头，我们除了盘子上的几颗太妃糖，没有什么可招待他们的——我对刚吃完的假烤鹅也很难说出什么炫耀的话来。瓦奥莱特开始摆出一桌大餐，自己从班尼的陶瓷柜里拿器具，就好像在自己家里一样。整段时间里，她都在吹嘘说今年她做了多少种腌鳕鱼。"想想看，他们明年也许会给你在《农夫》杂志上做一整版的报道！"我说，她不会听不出我语气中的恶毒。

本特·戈伦似乎喝了不少酒，他什么都没说，只傻站在那里色迷迷地瞅着我，脸上挂着令人作呕的微笑，还不停地舔下嘴唇。他越是舔，瓦奥莱特看他的脸就越黑。

所以当班尼从地下室来到楼上时,厨房里已经弥漫着剑拔弩张的气氛了,他因为刚冲完澡,脸上红扑扑的,一脸无辜的微笑。他在门口多看了两眼,明显在盘算着怎么改善一下厨房的气氛。

"噢,瓦奥莱特,你真是大好人,给我们送来了你亲手做的美味大餐!我告诉过德西蕾,你做的肉丸好吃极了,对不对,德西蕾?"

要是他不提肉丸该有多好!我感到怒火中烧,我觉得他是在讽刺我买来送给他的熟食肉丸。

"每个人都会得到他应得的肉丸!"我用阴郁的、哀伤的语气说,他们都吃惊地望着我。

本特·戈伦突然窃笑了一声,很显然是认为我也喝多了,他拿出一个小酒瓶,诱人地朝我晃了晃。瓦奥莱特动作夸张地把她那厚实的背转向了我,从微波炉里取出一个烤盘,她刚刚在上面放了些吃的加热。班尼不知道正在发生什么,痛苦地把身体的重量从一条腿换到另一条腿上。叛徒!

我们围着餐桌坐下。班尼那吃相就好像自从去年圣诞节后他就一直没吃过东西,并开玩笑说,我威胁他要给他吃鹰嘴豆炖菜。瓦奥莱特异常同情地摇了摇头,本特·戈伦不停地给我添酒。当我以手掩杯时,他还是不管不顾地往下倒,并提出帮我把手上的酒舔干,我飞快地缩回了手,一句话也没说。班尼开始滔滔不绝地讲起他想把甜甜圈扭成正确形状却以失败告终,瓦奥莱特睁大了双眼:"你是说是你在烘焙……"她又开始了。

就在这时,电话铃响了,我冲到大厅里。

是当地医院打来的。

"德西蕾·沃林吗?我们这里有个病人,她给了我这个号码。如果可能,她想让你来看看她。你不必等待探望时间,F室,34号病房,是单间。但是如果你进来的时候能跟值班医生打声招呼,我们将不胜感激。恐怕在电话上不容许我详细介绍她的情况。她的名字?噢,我难道没有告诉你吗?玛尔塔·奥斯卡尔松,她前天才承认的。我能告诉她你要来吗?"

"是的,告诉她我在路上!"我小声说,然后回到了厨房。

"你能借你的车吗,班尼?玛尔塔病了!"

我不知道他们是否相信我,但我根本不在乎。我借来班尼的卡车,扬长而去。

40

"好吧,我什么都不会说!"德西蕾离开时,瓦奥莱特愤愤地说,但是当然,我能听到她没说的每一个字:这是什么行为?家里还有客人——甚至还是不辞辛苦给你们送美食来的客人,你就这么站起身离开了?

因为他们知道她甚至连肉丸都不会做!否则就不会……

本特·戈伦灌了一肚子酒,嘟囔着:"你要让你那位看看在这个家里究竟谁才是老板,好吧。要让她搞清楚状况,要强硬点,女人都喜欢男人强硬。也许她现在正躺在她家的床上,等待着你去给她演示一下?"

他舔着嘴唇,捅了捅瓦奥莱特的手肘,几乎把她从椅子上推下去,然后他们挽着胳膊回家去了。我猜,整件事中,瓦奥莱特是唯一从中得到些许满足的人。想要本特·戈伦离开很难,她经常在他喝完第三杯后就开始奚落他。

他们一走,我就坐在那里,双手垂在膝盖中间,感到完全不知所措。她为什么要这样一走了之?真有人生病了吗?现在我略微知道本特·戈伦和瓦奥莱特做得很过分,但是公平讲,德西蕾也给我介绍了一些她认识的城里人,他们真正让我起鸡皮疙瘩,那是我们看完电影在酒吧时发生的事情。

倒不是说他们不热情,噢,不!他们对我这个可怜的乡巴佬太热情了,他们对我客气得不得了,让一切简单化,临时将不小心从他们嘴里冒出来的任何一个四音节的词都换成了两个音节的。某个在高校任教、开宝马的家伙拍着我的背,说他一直想做体力活,然后,当然了,农民能享受各种补贴和减税优惠,并问我有没有什么土猪肉能卖给他。一个呆板的小图书管理员问我农民在冬天干什么。"你是说牲畜冬眠的时候吗?"我反唇相讥,之后,餐桌上便笼罩着一层异常紧张的气氛。

我受够了这些人的胡说八道。他们在报纸上读到了几篇瑞典南方土地业权人得到补贴的愤怒报道,然后就好像看透了那些狡诈的农民,认为他们是我们正在经历的大萧条中的真正大赢家。"那么你怎么解释每天都有许多农民破产的事实?"我用粗哑的声音问,"再过二十年,瑞典将一个农民都不剩!"但是到了这时候,他们已经开始顾左右而言他了。

他们应该承认我们是一群需要保护的族种,我们正处在灭绝的边缘,就像游隼和蓝色秋牡丹一样稀少。我知道为什么。我希望能有机会告诉他们,爸爸可以驾着他那辆小拖拉机,突突地开到小卖部,用卖一升牛奶的利润买块巧克力,但现在我得开着用胶布绝缘带和塑料衬垫粘合在一起的同一辆旧拖拉机，付出我卖五升牛奶的利润，才能买到一块巧克力。今天牛奶的价格不比二十年前他那时候高，但是巧克力的价格却并非静止不动，柴油也一样。

很久之前我就付不起钱请帮工了。我很好奇，那个自诩喜欢干体力活、开宝马的家伙，如果知道我每周工作九十个小时，甚至在圣诞节还要开工，却得不到额外工资，还会不会喜欢？

最憋屈的是，即使你知道从何说起，却不能对那些自以为是的家伙抱怨一句。因为他们只会交换会意的表情，噢，耶，那些农民就知道叫苦，要不就是抱怨雨水太多，不利于他们的农作物生长，要么就是雨量不够，哈哈！

德西蕾和我从来没有讨论过这个问题，自从那次她找到我的成绩单酿成那场大爆发后就再也没有。她不敢问我为什么不放弃，尽管我肯定她非常想知道，而我不愿意解释。如果我放弃了，我将只能背负一身的债务离开农场——是的，我没法轻易还清沉重的债务。我有一次太蠢了，借了一百万克朗做现代化更新，就算我今天卖掉那整个该死的垃圾堆，也弄不到那么多钱。谁敢说我能找到一份可以还清所有债务和利息的工作？噢，但是你可以住进旅舍，从公民咨询局[1]那里收到帮你还清债务的信息……这是天方夜谭！

如果我卖掉农场，如果我不再是罗温农场的班尼，我又将是谁？

1　慈善机构。

人们认为我的指甲里应该有柴油油脂，认为我应该有一家像样的机械用品商店，销售气焊齿轮高压清洗设备；我应该订阅《畜牧业专刊》和《农民贸易专刊》；我应该有两辆拖拉机，分别由约翰迪尔公司和瓦尔梅特公司制造；我还应该有一个圆形打包机，一个粪肥播撒机和一个林业起重机！但高级执行官迫使我进行破产拍卖，于是我什么都没有了。

如果你把我的约翰迪尔拖拉机拿走，起诉我，我会觉得自己像一个易装癖者，无所适从。

但德西蕾和我只是在这个问题上打擦边球。她有一次问我，农民除了养奶牛外，还能干什么赚钱？我想她脑子里想的无非是养殖鲤鱼，栽种四季常开的花或其他别的。我的回答言简意赅，如今在世界上唯一盈利的行业，无外乎就是与武器、毒品和性沾边的行业。

于是我们草拟了一项计划，将农场变为原生态的性爱俱乐部。德西蕾希望把它取名为"另类乡村俱乐部"。快来看呀，看看动物是如何做爱的吧！橡胶工具是否让您激情难耐？那就来看看放在靴子和橡胶围裙里的人工授精器是如何让一头母牛受精的吧！赶紧去干草棚预订一个位置吧，创造别样、销魂的银婚之夜！虐恋吧，让你重新欲火焚身：租个牛笼头，把你和她绑在一起吧！或者尝试一下罗温农场特供服务，那销魂的缠绵一定会让你刻骨铭心！一起滚向电围栏，感受电击的快感吧……

这方法已经被我们用烂了,每当有什么重要的问题看似要触礁,我们就会选择这方法:我们想出一个笑话,避开任何尴尬的话题。

她到底去哪儿了?

41

　　你用双手为我擦去牛奶的印迹
　　你用笑声为我驱赶冬天的寒意
　　然而我却什么都给不了你
　　人去楼空，我的身边不再有你

　　23号那天，我见过玛尔塔，那时她就像是图画书中走出来的人物，两颊红润，双眸明亮，抱了满怀亮闪闪的包裹。

　　而现在，她坐在精神科病房的一把红色塑料椅子上。我发现她完全就是个中年妇女的样子，苍白浮肿的脸，双手空空，掌心朝上，搁在她的膝盖上。我在她面前跪了下来，把她揽在怀里，她的下巴靠在我肩上，我能感觉到她呆呆地盯着她对面的那堵墙。

　　很长一段时间，我们什么也没有说。

　　"他做了什么？"我最后开口问道。我想象不出发生了什么事。罗伯特每次都把她折磨得够呛，而她总能恢复元气。

她没有回答。又过了好久,她的视线再次聚焦,一脸不满,眉心紧蹙地问道:"为什么我要活着?我的生活了无生趣!"她用逼人的目光望着我。

她这么问,我想不出什么安慰她的话来。

"但是你的确想要我来吧?"我结结巴巴地说。

"我?"她说,"什么对我都无所谓了!"

我每天都去看她,默默地陪在她旁边,一坐几个小时,反正我似乎没有打扰到她。如果我问她感觉怎样,她就喃喃说着什么:"全线告急,我连最后一个克朗都没有了。"

第四天,她脸上露出一个扭曲的微笑,告诉我,他们给她做了一份心理测试,看看她是否有自杀倾向。一页又一页,上面密密麻麻写有数以百计的问题,比如:"你是不是认为活着没有意义?总是/经常/有时"和"你是否觉得自己一文不值?一直/通常/经常"。

"如果你在测试之前没有自杀倾向,做完测试题,就肯定会想自杀!"她说这话的时候让我看到了以前的她,然后她告诉了我真相。

六个月前,罗伯特劝她去做节育手术。她不能用节育环,而罗伯特又觉得用其他方式节育不妥。她考虑了很长一段时间,才像吞下苦果一样接受了罗伯特不想抚养更多孩子的事实,她想要罗伯特,就得付出代价。

平安夜前一天晚上,一个女人打来电话,说找罗伯特,他挂

161

断电话后嘀咕了几句，穿上皮夹克就出门了

他没有回来，玛尔塔独自过的平安夜。她知道罗伯特是什么样的人，不用报警或者担忧他出交通事故，时间一到，她自然会知道，她已经做好遭受打击的心理准备了。

27号那天，他带着一个年轻女孩回来了，他们手挽手，玛尔塔刚开始觉得那个女孩面色忧郁，身材矮胖。

然后她才发觉那女孩至少怀有5个月身孕。

这表明罗伯特有生以来终于找到了他的真爱，只要是为了珍妮特和宝宝，他什么都愿意。他们正要去产科诊所上育婴班，既然他和玛尔塔是好朋友，新年里，玛尔塔应该能把车借给他吧？珍妮特的家人都在城外。

他对玛尔塔，这个与他分分合合交往了12年的伴侣说话的时候略带着一点感伤，好像她是他的一个表妹或老同学。

"他就是这么看待我们之间的关系的，我发誓是这样的！"玛尔塔说。

"你不是有好几个孩子了吗？"她问罗伯特。

"你不明白，对吧，玛尔塔？"罗伯特面无惧色地回答，"我是说，你这辈子刻意选择不生孩子。你不知道一旦男人找到他的真爱，他有多渴望孩子。"

玛尔塔把车子借给了他们，只是想让他们尽早从她房子里消失。

我回到图书馆时，手一直在抖。

一周后,玛尔塔又恢复了常态。她在我的厨房里,切洋葱,弄午饭。

"在我的人生电影里,我觉得自己倒像个走过场的。"她说,"我在幕后忙里忙外,和军匪一起上到台前,退到幕后,混在人群里呐喊:'大麻大麻!'舞台前面的特写里站着别的人,我却看不清他是谁。"

她现在经常呓语似的表达自己的情感,一点不觉得尴尬,也不做任何解释。她做的一件事情深深地触动了我。

她不小心切到大拇指了,伤口很深。她盯着血珠看了一会儿,然后看到班尼给我买的那幅可笑的海报——贝壳里的恋人。

她迅速穿过房间,爬上沙发,用她的拇指按住那个女人的眼睛,轻轻地抚摸。

现在贝壳里的女人在泣血。

42

她甚至不能把我的车开回农场,她说,因为她得在医院陪她朋友。她在那里坐了一整天,然后晚上接着工作。我不得不乘公交车去城里取车,她把钥匙挂在一个轮胎上了。车子就停在她的公寓楼外面。我走进院子,抬头望着她家的窗户,那木制板条做的百叶窗已经拉下来了,但却没有拉上窗帘。

她没有接电话,甚至连电话答录机都没有开启。

五天过去了,她杳无音讯。我开始整理所有关于农场的官方表格,那些表格每天都将我的邮箱塞得满满的。我想如果她再来这里的话,她会发现一具因表格雪崩,窒息而死的冰冷尸体,然后我预计她会把我埋在一块勘测员竖起的界碑下,然后开始寻找下一个墓地长椅上的可怜人。我努力试着生她的气,这样我会好受点儿,至少我可以好好地睡上一觉。

我是说,我不知道她是根本不在乎我,还是她真的忙得走不开。我不也做过同样的事情吗,照顾本特·戈伦?我每天陪他待在精神科病房,上班时间陪他,晚上开始工作,不是吗?不一样没有时间打电话给她吗?

嗯,我现在想象不到自己会做这种事!啊呀,本特·戈伦的脑子可没有什么毛病。你可以用电锯对他施行脑叶切断术,而没有人会注意到他和常人有什么不同。我们时刻在一块儿,并不是因为我们是那样形影不离的朋友,而是因为这是我们儿时就已养成的习惯,我从来就没有时间去找别人。

潜意识里,我像这里的许多老人一样很怀疑有"神经质"这种病。"他们应该把第一个心理学家枪毙了,这样我们就没有什么问题了,"一个老家伙说,"他们根本就没病。只有那些不负责任的人才会责骂自己的神经,不愿做好自己的本分。"

如果小虾米在,我这么说的话,她会把我摔进沙发,对着我的小腹就是一脚,把我大卸八块,然后再拼回去,我知道会这样的。

突然,她打电话过来了,她听起来很压抑,我耳朵竖起,问道:"发生了什么事?"

"现在情况很严重,"她就说了这么一句话,我在想她是不是想就这样在电话里把我甩了。"快想点办法,班尼。"

"星期五我就三十七岁了。"我脱口而出这么一句话。在她能打断我之前我又说了句:"你愿意陪我出去庆贺一下吗?我知道你现在没有开香槟庆祝的心情,那就喝杯啤酒什么的也好。生日并不是什么重要的日子。"我说话时紧张得要死。

"在这个无足轻重的日子里,我们要么来一小杯酒精含量低的苹果汁吧？"她听起来心情好了一些，然后她说要为我庆祝，生日前夕就过来，这样她就能给我把早餐端到床上。我高兴得像只云雀，低声哼唱。她要回来啦！

有几次我坐在墓地长凳上想，我们之间的结束是在瓦奥莱特和本特·戈伦拖着移动宴席进入我家大门时开始的，还是在我生日那天？我的意思是，我们仍然在一起，小虾米和我，我们更加亲密，我都觉得缺氧了。

进展很顺利。我生日前夕，我们到处闲逛，开怀大笑，日子好像又回到了从前。生日之前，我们就尝了尝她带来的干香槟，老实说，它尝起来像是在我那个甲酸罐里发酵的东西。她把厨房门关上，在里面翻箱倒柜地弄什么东西，还把什么东西藏在了我的衣柜里。那晚我紧紧抱住她，就好像我是个溺水的男人，而她是我唯一看到的救生筏。我们睡得很迟。

早上，闹钟一如既往地闹醒了我，我偷偷瞄了她一眼，等着她给我送杯咖啡。

但是她还没醒！我又躺了一会儿，咬咬手指甲，想着我怎样才能不着痕迹地把她弄醒。我又设定了一次闹钟，像一个老肺痨那样清了半天嗓子，但她还是一动不动。也许是因为我们的生物钟不一样吧，我六点开始工作，而她十点才起床。

我比平时晚了半个小时去牛栏挤奶，心情很复杂，昨晚那酸酸的香槟味还在胃里翻滚。一切都不像计划的那样。因为我迟到了，奶牛比往常更难控制，一只母牛还踢到我的胫骨。挤完奶，我的心情一团糟。

我进屋后,飞快地冲了个澡,然后把厨房门打开一条缝隙,往里面瞧了瞧。一切都没动过。她还没起来。

见鬼,但不管怎么说,我很高兴,起码她在这儿,我们同在一个屋檐下。去卧室,穿衣服时尽量弄出声响,看她如何反应,这样做实属不必。

"我是不是闻到一股火烧殉道者的气味?"我听到凌乱的铺盖里发出响动声。她看了下时钟,半眯着眼睛盯着我

"我并没有期待你做什么。"我咕哝道。

"什么意思?"

暗淡无光的蓝眼睛,雪白睫毛一闪一闪,显示出她的愤怒。她跳下床,穿上她令人惊叹的内衣,100%纯天然棉制品。"好吧,那么,你将会得到自己期望的。什么都没有!"

现在是我的错吗?我没说什么,踩着重步下楼了。她跟在我后面,难为她穿着袜子却比我的脚步声还要愤怒。

我拧开水龙头把咖啡壶灌满,水龙头爆裂了,冒出热气。该死!该死的水管又爆了!我得出去看看,去找个水管工来。

小虾米正在对冰箱里的什么东西大惊小怪,偷瞄了我一眼。

"别指望有咖啡喝了!"我说,"水管又坏了。"

"那我们就喝啤酒吃蛋糕呗!"她笑了。但我当时正在气头上,没有觉察到她的语气软化了。她不知道,水管坏了,喝不成咖啡不过是件小事,二十四头干渴的牛和小牛犊才是最令人头疼

的问题。

"啤酒!瑞典的牛可不喝啤酒,即便我手上有几百升的啤酒也无济于事。幸好你在这里,我需要一个助手。在联系到水管工之前,我得自己去修理!我们必须立即出去。"我说,尽量让声音听起来友好一点。

她看着我,一动不动。我已经穿好夹克衫了。"穿上!"我说着把我的一件皮夹克扔给她,"你还可以穿我妈妈的靴子,就在衣橱里,还等什么呢?"

"没什么!"她嘴里挤出这句话,"我还有工作要做!今天你得找其他人帮你干农活了!"

那就没什么可说的了。我奔向泵房,没过多久就听到她车子发动的声音从房前呼啸而过。

一连几个小时我都在自己修理那个水泵,满腔怒气化成了动力,但这修理工作毕竟需要两个人的力量。最后我一点进展都没有,只得进屋打电话叫水管工过来。厨房餐桌上放着的东西好像一根巨大的猪肉肠,它旁边盘子里的则像一坨牛粪,事实证明那是一块咸牛肉和一块很难看的巧克力蛋糕。旁边有张便条。

"班尼!你是个白痴,我也是。把蛋糕吃了,辛苦劳作一天,今晚六点半来我家,把你的工作服留在家里,我们出去庆祝。"

我累得没有了任何感受,我唯一想到的就是,如果我现在躺到沙发上的话,我能睡几个小时。我吃了一点蛋糕和咸牛肉,躺在厨房的沙发上,刚要睡着,水管工便在院子里吹响了号角,我又出去了，累得像条狗。水管花了好几个小时才修好，然后又到了挤奶的时间。

六点半，我把自己扔进车里，一副清爽的样子，头发上还滴着水珠。巧克力蛋糕和咸牛肉在我的肠胃里翻腾，我没来得及吃别的东西。我希望她带我去牛排店吃嫩牛排，我想吃比尔奈斯酱！

睡眠不足和肚子不饱充分解释了那晚后来发生的事情。

43

我给予你，施了魔法的金子
它在日光里变成了落叶
你迷惑地看着我期盼的双眼

那些日子，我在医院里陪玛尔塔，并没忘记班尼，我把他留在心里，因为，我一次只能专注于一件事情。

好几次，我几乎想要把这整件事情告诉玛尔塔。这些年来，遇到自己处理不了的事情，我总试图用谈话的方式把它说通，但这次，我却做不到，每次我想到那该死的罗伯蒂尼，我就恨不得把所有的男人吊死。那些日子里，时间仿佛停止了。我每天只呆坐着，工作，睡觉，然后胡思乱想。心情低落会传染，别相信别人说不会。

最后，我给他打了电话。当我听到他说今天是他的生日时，我一反无精打采，想起了他在我生日那天为我做的一切。我出门去买了香槟、玫瑰还有一大份他喜欢的咸牛肉。然后，想了许久，我去工装店买了一套工作服，他该知道，这实际上是给他的礼物。是的，我会蹒跚地走出去帮他一把，尽量表现出我心里有他。我买了两张《弄臣》的票，它正在城里巡回演出，那是我最喜欢的歌剧，没人能抗拒它，至少，我这么认为。我也把它们当做某种回报，工作服，还有那场戏。

我偷偷把工作服塞进他衣柜里，然后很快做了个巧克力蛋糕，我只能说，我做出来的跟包装上的不大一样。我打算穿着工作服出现在他的床边，端着咖啡和蛋糕，为他唱生日歌，对他挥挥戏票。我把玫瑰放在门廊，让它们保持鲜艳。然后我们蜷进沙发，婴儿般缠绕着彼此，中间放着香槟。这夜晚如此美好，我感觉我俩好像连体婴一般，我从不知道没有血缘的两个人能亲密至此。

然而，我睡过头了！

那已经够糟糕了！我醒来的时候都为自己感到惭愧。班尼正绕着卧室重重地走着，固执地背对着我，还兀自大声说着什么："今天是我生日，我得辛苦干活，别人却在美美睡懒觉！"言外之意是，我连咖啡都喝不上！

"不管怎么说，我没指望从你那儿得到任何东西！"他说。我心头的火苗突然全都蹿起来了，怎么能这样，前一秒还是连体婴，后一秒就只剩羞愧和歉疚。我厉声说，是的，你从我这里什么都得不到，我指的是那套工作服，我对他工作的认可，还有我的帮助。不久，在厨房里，我静下心来，想把蛋糕给他，但是，他突然站起来走近我,手里抓着件皮夹克,命令我马上出去干活,哼哼着说什么牛不喝啤酒,只让我更觉得自己一无是处。

他一走,我就把工作服丢进车里,扔掉了餐桌上的玫瑰。玫瑰放了一整夜,自然是早已冻僵了。然后我坐在餐桌边,喘着粗气。最后,我给他写了张便条,情况完全乱套了,我必须做些弥补。

直到那天晚上七点十五分他才出现,湿着头发,腆着笑脸。我本想在演出前吃东西的时候解释几件事,这样才比较有心情看《弄臣》,但已经没时间了。我们赶到剧院,我只来得及说声"生日快乐",歌剧的前奏就开始了,他点点头,开始沮丧地观看表演。

并不是所有的歌剧我都喜欢。比如说,我觉得《蝙蝠》的剧情就很无聊,我根本没办法看完它,我宁愿听它的CD。但是《弄臣》是部有血有肉的歌剧,讲的是有罪与无罪和不顾一切的爱情,和着配乐,能让你飘上云端。对我而言,那天晚上,我觉得吉达和她那命中注定的爱就是一言不发坐在病房里的玛尔塔。谢幕时,当吉达为了公爵牺牲自己,而公爵却在与新人言笑晏晏之时,我忍不住哭了。灯光亮起时,我用手帕捂着脸,希望班尼能够理解我的感受。

事实上,我完全没必要多虑,他正呼呼大睡。他微微侧向一边,还不甚文雅地打着鼾,嘴巴张得老大,下巴搁在椅子沿上。我花了十分钟才把他弄醒,每个人都在盯着我们看。

那个晚上糟透了。我们走回车里,彼此都不说话。我甚至没留他过夜,跟往常一样,他要六点起床。

回到车里,他用受伤的手碰了碰我的脸颊,疲倦地笑了笑。

"我们两清了吧?"他问道,我禁不住亲吻他的指关节。

44

很显然,这行不通。根本行不通!

不只是农场,我回想起晚上我从外面割干草回来,累得筋疲力尽,她却拿着歌剧票在等我,手指轻敲桌面。歌剧,真让人头疼!第一幕的时候,我觉得我肚子里的咕噜声比台上那个拿着剑的胖子的声音还要嘹亮,他正大声吆喝着把母牛赶回牛棚。小虾米该庆幸我睡着了,如果我醒着,情况可能更糟,我很有可能把自己所想大声说出来。

但是,她不太高兴。好吧,我看得出来。

我们很少看法一致,这些天,我们小心避免争吵。我记得我们第一次口角,那天,我给她看了封寄给我很喜欢的一家报社的信,结果她管我叫法西斯,晚上睡觉时只给了我个后背,类似的事还发生过几次。这些天,当电视上出现什么会引起意见分歧的东西时,我们都会不自在地避开对方的眼神。

我想我们天生相冲,星座不合,阿斯特丽德婶婶会这么说,她对星座很在行。当她认真地说当幸运星在木星时我们该做什么的时候，妈妈和我总是逗她。我曾经在报纸上看过篇文章，说是我们现在所有的占星术都慢了一个月，因为他们在占星术创始之初所使用的罗马日历历经几个世纪，早已改变了。知道这件事后婶婶很迷茫，我们对她深表同情，她很难相信自己曾深信不疑的东西原来有偏差。

小虾米也看占星术，但多数时候只是拿来对付我。有一次，她说："如果你早出生两天，你就会是一个爱做梦，颇有艺术天赋，热爱生活，顺其自然的人。"那时她正看着我前一个星座的星宫图。人要是活在不切实际的幻想里，事情会变得简单得多。"热爱生活又爱做梦的奶农要不破产，要不就是被拖拉机撞倒。"我嘀咕道。

但是，尽管我们都排斥它，我觉得我们现在就是如此，占星术可能是唯一可以解释为什么我们彼此相吸的东西。该有个算命老先生来看看是怎么回事，也许是某个该死的金星宫人待在火星的第十二宫中？有没有可能把那些线线圈圈都改了，至少这样我们都能不再受它们的束缚。我就能不再想她苍白的小脸，走去救济站领个温顺健康的年轻女人回来，快乐生活到老。她也能跟一个留胡子的怪人一起安顿下来，享受悠长暑假和那长达十八米的书架。

在过完糟透的生日后，我们仍继续见面，但似乎都小心翼翼，夸张地看待我们之间的种种不可能。"我整个夏天都不得空，但是如果九月份可以休息两天的话，我想去罗弗敦群岛，去钓鱼！"我开心地说，"你不会喜欢的，对不对？"

"哦，不！我更喜欢七月在阿维尼翁办的先锋派戏剧节！"她反驳道，"你知道的，他们用法语表演。"

我们试着向对方和自己证明，我们该在还过得去的时候好聚好散，不要等到眼泪收场。伤害小虾米是我最不愿意做的事情，我宁愿砍下我剩下的手指。

我觉得她还没认识到这一点，我不喜欢她总罗列出罗伯特对她朋友玛尔塔的种种暴行。这些天来，她总这样，每次她开始说的时候，我都觉得她是在指责我，我想她自己都没察觉到她那"男人都一样"的口气。有时我会说，"管他呢，兴许是她去招惹他的呢！"这会让她大为光火。"但我不会那样，"我说，"你觉得我们男人都自私自利，寻欢猎艳。但不能因为我是男人，就需要我为所有男人做的事担罪名！你是白人，那你要为白人对有色人种所使的种种卑鄙手段负责吗，嗯？"

然后，她说她从没说我是罗伯特，那么我为什么要为罗伯特辩白呢？至少他没有殴打玛尔塔，她接着说。然后，我又陷入羞愧，为那些打女人的男人羞愧，我们从未达成一致。

每次吵完后，这里就像是散布着我们所言和未尽之言的雷区，我们很难再扮演下去。我们刚在一起的时候，扮演是我们的特长。

但是，如果容我直言，这主要不是我的问题。不，是因为别的事情，自从妈妈过世后，我就清楚认识到了这一点。

我想要的，是能为我组建一个像样家庭的女人，她买肉丸，用蛋糕混料都没有关系，她甚至可以安上木棍做的窗帘，买些看似别人施舍的衣服——只要她在乎，能为我建个家，让男人有家的感觉。你可以买你自己的肉丸，小虾米会说，我的衣物也足以蔽体——但却总好像我只能维持基本的生活：饮食是为了维生，穿衣是为了免于被警察逮捕。

我不需要担心失去农场，不需要担心在为无家可归的男人开设的旅馆里了此残生。家里已经慢慢变得像个旅馆了，我根本不知道从何下手把它变成个家。我想，没有女人我也能过，毕竟，以前很长一段时间我都这样过来了，但是，在自家农场变得无家可归一点都不好笑。

我想小虾米根本没有组建家庭的打算，要么就是她不知道怎么做。

45

我甚至没柴生火
只有小撮弯曲的图钉
和一把钳子

我的生活渐渐分裂成两半。伊内兹·伦德·马克提前退休了,这也就意味着我要独自负责儿童区。我每天埋头工作:策划孩子们的戏剧周,邀请本地艺术家来和孩子们一起画故事插图,我也试着给本地的政客施加压力,让他们多投些钱到文化项目上来——但这总以某些政治团体把我当成他们中的一员收场。我觉得我慢慢赢得了足智多谋、办实事的名声。我参加书展,也去上了些课程,有一次还差点说服一个理事会大老板赞助一场儿童电影节,但结果他感兴趣的并不是电影节。一个周末,他提出我们俩一起去看在波兰举办的儿童电影节,他的秘书打电话给我确认我们是否要一间双人房,突然,他那些亲密的拥抱和"亲爱的"都明朗起来。我见到他时,他第一个借口是说想要为委员会省些钱……我们都是现代人，不是吗？之后，他说他的秘书误会了，他的秘书不大称职，有些自作主张。然后，也就没什么儿童电影节了。

我不知道该怎么继续下去，那只会给那秘书制造麻烦。那种男人总是确保自己能旱涝保收，留好后路，但我不确定他的目的是否只限于在理事会光环下那舒适的避风港中来一次小小的冒险。有时候，他会在夜里打来电话吸着鼻子含糊说些什么。我告诉班尼，结果他提出贴上假胡子悄悄潜进委员会办公室去，这是为数不多几次我把他吸引到了我的事情上来——我觉得他有点嫉妒了。

最糟糕的并不是得到委员会大亨不必要的青睐，或是电影节泡汤的事。生活经验教会了我，当我想对男人好一点儿的时候，务必掌握分寸。有些男人似乎对我这样的女人毫无招架之力，他们一开始都认为我软弱纤柔，当他们认识到事实并非如此时，便都立志把我拿下，以前就发生过类似的事。

不，最糟糕的是，那个大老板的妻子是我图书馆的同事，当然，她对我和她丈夫之间的事毫不知情，毕竟，没什么可知道的。但是我在员工室听到过她的话，我已经听了好多年了。"如今孩子们都离家了，斯滕和我终于有更多时间能待在一起！要是斯滕能抽点时间就好了，我们可以去马德拉过我们的结婚纪念日，再度一次蜜月！斯滕和我，我和斯滕……"

而到了晚上，斯滕又在电话里哭哭啼啼。

一时间，员工室里好多人都开始说她们的那一位。丽莲总在抱怨她的先生："我站了十个小时后下班回到家，他就只坐在餐桌旁看报纸，把晚报铺开在空蛋壳和早餐剩下的玉米片碗上，问我晚餐吃什么。他总是要别人安抚他，因为他没中大乐透，或是因为其同事让他不痛快，再或是因为他要秃顶了。最平静的时光恐怕就是他生病的时候了，因为那时他只会躺在那儿呻吟，我和孩子们就可以做我们喜欢的事情，换换心情了。"

"想想看！斯滕从不会那么做！他很体贴，总是去公司吃早餐……"

她们还沉浸在自己的情绪里，这让我很头疼，因为我很确定，她们对自己的丈夫也曾有过我对班尼那样的感觉。我是说，我也不小了，不再相信"我们不会那样的"之类的话，尤其是如今我们之间已经不再甜蜜美好。

所以，我的生活一分为二：一半时间里我愉快地忙碌着辛苦的工作，另一半时间里，我开始细想些事情。

斯滕，丽莲的丈夫，罗伯特，厄尔扬。

还有班尼？

我打算付出多大的代价？我真正想要的是什么？

我只能问一个人。我决定去她家找她。

46

我们见面的次数越来越少。

她再也借不到朋友的车子。她那位朋友好像扔了那辆车，因此要么我开车去接她，要么她搭公交车过来。平时每天只有七点半的一班车，这意味着她要到八点半才能到我这里，而到了十点，我就要上床睡觉了。我很少能在八点前去接她，因此时间就拖得更迟。如果我在她那里过夜，我就得在五点起床。

每周见面一两次，每次一个半小时，她出远门的日子还要除外。

在那难得相聚的几天里，我们只有用玩笑话来粉饰太平。我是说，当她站在大厅里，挂起外套时，你总不能不合时宜地冒出一句："我们在一起有未来吗？"

我忘记了周末，她有时候会过来待上一整天，那是当我们拌嘴或避免拌嘴的时候。那同样令人筋疲力尽。

但我还是想念那些日子——过去三个周末，她不是去参加会议就是去上课，都是一些无聊的事情。该死，莫不是我要在墓地才能再碰见她吧。

我带她参加了村子里的一场聚会。我把它当做某种实验,她和瓦奥莱特之间有点儿冷漠,但是她似乎很讨其他村民的喜欢,那些大部分都是五十多岁的老人。我看她和其中几位聊得热火朝天,我真担心她是在推荐什么书给他们看,结果发现他们是在聊小村的历史。只要双方都真正感兴趣,是不会造成什么伤害的,而且,我知道我的邻居们都真心实意地盼着我早日安家乐业,他们的这份关心令我感动。哪天村子里一个农民都不剩了,整个村庄就会覆灭——我们都这么觉得,心情无比沉重,它将会只不过变成城市的另一个偏远前沿。

我记得我闷闷不乐地坐在那里,面前摆着一瓶啤酒,想象着罗温农场变成某家电脑公司的某位执行官的度假胜地。

后来妈妈的老朋友阿尔玛婶婶和贡纳叔叔请我们过去喝咖啡。礼拜天。

"噢,我恐怕去不了!我明天下午三点要飞去乌普萨拉!"德西蕾说。

我还能说什么呢?

独自待在牛栏里,我不停地想到,有三种方式能解决我们之间的问题,我必须赶紧做决定。

第一,我要设法说服德西蕾搬到我这里来。但我知道她压根就没有这个打算——哪怕是问问她,她肯定都会火大。

第二,我卖掉农场,搬到城里去,当她从乌普萨拉回来的时候，我会煮好咖啡等着她。而我根本没有这个打算。

第三，正面现实，放弃所有那些不切实际的打算，然后踏踏实实去找个更合适的女人，一个愿意和我一周不止待三个小时的女人。

第四个选择，我甚至想都不愿去想，那就是打一辈子的老光棍。就像博斯，尽管四十六岁了，村民还叫他尼尔森的儿子。他单身，和他的老母住在他父母的农场上，养着几头母牛，每周有一半时间在农产品供应站工作。他安装了一个巨大的圆盘式卫星电视天线，不时从邮局取回"小心轻放"的包裹，以捕猎松鸡为乐。据我所知，他没有其他爱好。他会偶尔来罗温农场待上三个小时，如果德西蕾碰巧在这里，当我们看到他的车拐进院子时，我们会躲在窗帘后面为他扼腕叹息。

不，要不惜一切代价避免变成第二个博斯。苏打斯壮姆的儿子，五十三岁……我要尽力避免这种不幸的命运。现在我和小虾米到了关键时刻。

也许德西蕾来看我时感觉到了空气中沸腾着一股年华老去的单身汉的焦虑不安，她感受到了我的热切期盼，却决然地别过脸去，只想做我的情人。未脱稚气的小虾米，丝毫不惧怕在她繁忙的城市生活中独自一人。

每当——现在越来越少——我在床上拥抱着她，我都感觉像一块石头沉入了我腹中，感觉那么踏实。她还是那么白皙、温暖、优雅，一如往昔。我告诉她："如果我英年早逝，那全是你的错！根据数据调查，未婚男人预后很差的，这你是知道的！"当她尴尬地避而不答时，她没有意识到最后一幕戏的铃声已经响起了。

47

我不想撞终点线,

飞快地跑,把东西抛掉——

为什么从栏杆上跳过

比直接从下面穿过更有意义?

我试着将这作为一次礼貌性的社交拜访。我捧着鲜花,是昂贵的郁金香,和一包上好的大吉岭茶。

她打开了门,但没有取下锁链。等她看清是我后,便让我进去了,尽管没有多少热情。她似乎并不抗拒我的到来,只是有点心烦意乱,好像正忙着什么,无暇分身招待客人似的。

"你好,伊内兹!"我打了声招呼,"好久不见!你过得怎么样?"

"嗯?别兜圈子,你肯定不会对我的情况感兴趣的,对不对?"她用不咸不淡的语气说道。

看起来伊内兹现在感到人生苦短,去日无多,把有限的时间浪费在闲聊上太可惜。于是我当即决定开门见山。

"嗯,好吧,其实还是有点儿兴趣的!"我说,"我对你想得很多。你看待生活的方式,以及你的智慧。我想分享一点儿。"

"嗯?"她不置可否。

"你肯定曾一度需要做出选择,"我说,"现在我也即将面临一个选择。我很想知道你是怎么想的,你怎么会选择收集资料而不是亲自去体验。你明白我的意思吗?"

她的脸上立即飞上两片红晕。她站起身,将郁金香插进她从一个碗柜后面拿出的一个老式水晶花瓶里。我可以看到她爬上一张椅子去够它,然后她走进来,重新坐下,取下眼镜,气恼地扫了我一眼。

"是什么让你认为我有过选择?我根本没有机会亲自体验!我父母是坦桑尼亚的传教士,我是由一个独身的阿姨抚养长大的。她是个特别凌乱,生活特别没有条理的人!当我考进图书管理员培训学校时,对我来说那是一次巨大的、令人兴奋的解放。从此以后,我可以自由自在地、有系统性地安排事情。当然,我本该亲自去体验生活的,去上瓷器彩绘课,参加旅游团。可这些对我一点儿都没有吸引力!我在图书馆工作了三十七年,就这些了!你大概也知道我不喜欢结交互诉心声的朋友,你明白了吗?"

"如果你想赶我走,伊内兹,我会回家去在电脑上给你做份档案！"我威胁道。她闻言露出一丝笑意。

然后我们谈了近一个小时。她用我带来的大吉岭茶给我们各泡了一杯，不过她煮茶的火候让它感觉更像是泰特莱茶袋[1]。

"我只想从你这里得到一点儿建议，"我说，"只需要额外一双眼睛，像你一样锐利的眼睛。你说班尼要么完全不适合我，要么是唯一适合我的人，这话什么意思？"

她站起身，走到档案柜前，到处翻找，直到找到我的档案为止。

"嗯……我只在三个场合观察过你们两个，"她说，"最后一次是刚过完圣诞节，我退休前。至于他对你来说有多不合适，我无需多说，我肯定你们俩都意识到了这点。他的着装……你倒是有意无意地选择了自己喜欢的服装，还有其他的小细节。你们之间的感情我能看得出来，你们深爱着彼此。你的前夫是个可爱的小伙子，但是他到我们图书馆来的时候你从不会放下手头上的工作，你不会走神，掉东西，不会假装不认识他，从一开始就没有，不知为什么，你觉得没必要大惊小怪。但是这个——你对他甚至可以说粗鲁，而他紧抱着你给他的那本书，就好像那是他极宠爱的小狗。好吧，因为我自己没亲身经历过，所有没有太多可说的。但是我之前见过这种情况，但这种关系从未能持久。"她津津有味地补充道。

"唯一一个适合的人？"我坚持问道。

---

[1] 英国茶品牌。

"我之所以对你说这些是因为你与众不同,我从来没有看到过你像那样。现在原谅我要下逐客令了,我有许多事情要做。"

她让我看了她最新的工程,她开始收集和归档公司因竞争市场而派发给顾客的特别优惠券,并记录了结果。

"但是我不喜欢他们给我写信时用'亲爱的玛丽亚·伦德·马克'这个称呼。"她紧绷着脸说。

伊内兹知道自己是谁,他们需要弄明白这点。做事情得有些规矩。

48

为什么一切都他妈的这么不切实际？我某天想到这个问题，居然忘记了去检查是哪只牛发烧，因为我那会儿正在和小虾米煲电话粥。两个年纪相仿的成年人，一栋房子，附近的城市，两份工作；住在一起，两地往返，整理房子……生儿育女；每晚睡在一起，每天相见不超过三个小时。

这些生动地出现在我脑海中，以至于我屏蔽了我们已经遭遇到的所有障碍，我只是简单地决定是时候采取行动了，于是开始计划改装房子。

罗温农场的房子相当大，一间大厨房，一间小一点儿的房间，一间客厅，一个大门厅，楼上有两间卧室和一个阁楼——如果我把阁楼隔起来是能用的。我们可以把楼下那个小一点儿的房间改成她的工作室，那里只剩下了妈妈的那台大编织机，我有段时间没去那里了。卧室就用我那间，妈妈的房间做孩子们的卧室……我们总能将她那该死的书架塞进哪个角落。

然后我试着想我们是否能负担得起她养车的费用。如果她卖掉公寓，没什么债务……照现实情况来看，她不可能做全职工作，等第一个孩子出生后她也许要停止工作几年……或做点兼职工作，如果她真想的话。村子里没有托儿所……但是也许瓦奥莱特能帮忙照看下孩子……

我继续这么想着，是的，在夏天那几个月的压力即将压垮一切之前，这给最后几周镀上了一层金色的光辉。我忘情地沉浸在自己的盘算里，完全忘记了小虾米。然后有一天——她正忙着某个儿童戏剧节，很不情愿坐公交车出来——我告诉她我有重要的事情要对她讲。她来后，我让她坐在躺椅上，拿来纸、图和我的计算，开始滔滔不绝地讲起来。

她没有问任何问题，一声不吭，只在我细述兼职工作、孩子和瓦奥莱特帮忙照看孩子时发出了一声轻轻的呻吟。当我说完后，一时间只剩下死一般的沉寂。

然后德西蕾说出了自己的想法。

她提醒我我曾养过的那条母狗，那条试图翻越墙壁，疯狂想要逃走的母狗。

我已经尽量试着把她说过的话忘掉，全都是关于她如何不能看着自己以后每个夏天都提着旅行篮走到田间地头，或一个人待在寄宿公寓里带孩子。她说她热爱自己的工作，好不容易才有今天。如果工作时间减少一半她就没法负责儿童区，而一个兼职图书管理员的工资根本养不起一辆小车。如果她想理个发也得伸手找我要钱。如果让瓦奥莱特帮她看孩子，她宁愿流产。

到了这分儿上，在我看来一切都结束了。

她还在喋喋不休地说我们一直相处得有多好，我们可以一直这么边走边看下去，而我连说不的力气都没有了。

然后她谈起了陪产假有多重要，以及所有那些她暑假想去的地方。我甚至都懒得问她是否听说过哪个休陪产假的奶农夏天能抽出时间来。我就像个上了发条的旧玩具，只是坐在那里，拼命地点头。

她第二天打来电话，道歉说她话说得有点儿难听，她将其归咎于自己的经前期紧张。但是她周六晚上会带些好吃的过来给我们做晚餐。

这是她第一次做出让步。小虾米，她甚至没有看出我们之间已经结束了。我下定决心要告诉她。

49

  我本应该小心把线收起
  用网捕获它，
  把它洗净并去内脏，
  然后享受一顿美味大餐——
  但是它从鱼钩上逃脱了：
  这该死的爱情！

  红色警报，就像军队里经常用到的词。扳起步枪扳机，敌人就在附近潜行。
  我和班尼的关系亮起红灯已经好几个星期了，问题就是我们发现了敌人。
  发生了一些事情，预示着我们分手的苗头，但是究竟是什么呢？
  当然，我们最初的邂逅就已经埋下了祸根。
  但实际上，我想是班尼摆出他想如何改装房子的草图，跟我讲他的经济打算的那个晚上：我们如何卖掉属于我和厄尔扬的公寓，放弃我的工作，或至少让我做兼职。

我感觉像要窒息了，像是精神上遭受了哮喘病发。他迫使我不得不去面对我一直以来小心翼翼避而远之的现实。我曾为我们的关系担忧过——但是我所担忧的是我们之间的感情，以及我们的差别有多大。我们的感情能否承受得住所有压力，如果不能，那么就根本不必考虑住在哪里这个问题。

我勉强说服自己他慢慢会领悟到：从长远来看，做奶农太操劳，我肯定他完全能在某家拖拉机公司谋得一份工作——他那么擅长捣鼓机车。然后我们可以住在离城里近一点儿的地方，如果他铁了心要守住家族的农场，他总能在这期间找个承租人来打理它。其实我内心深处意识到了我的想法太过乐观，自从秋天那次我发现他的成绩单，他勃然大怒之后，我怀疑情况不会那么简单，但是正如我所说，我成功地对这个问题避而不谈。现在他径直朝我走来，把问题正面抛给了我，让我避无可避。

当他提出让瓦奥莱特帮忙照看孩子时，我实在忍无可忍。

于是我告诉他我是怎么看待这个问题的，我没有对他穷追猛打，只是四两拨千斤。我知道这是矫枉过正，但是他必须清楚明了，一劳永逸地弄清我的想法，我并不想斩断一切后路。我说了些鼓励性的话，说再给我们多点时间，让我们的关系加深，确定我们的需要，然后决定哪些才是需要优先考虑的，这样我们才能适应彼此。我的语气听起来肯定很像将工作带回家来做的婚姻咨询顾问。我想让他往新的方向想，例如，难道他不想和我一起去周游世界吗？或休个陪产假和孩子亲近，给我一个在事业上大展拳脚的机会？

他似乎把我的话都听进去了，自始至终都若有所思地坐在那里。

因此，你肯定以为我们开始着手所有那些相互适应和加深感情的努力，而情况恰好相反，我们各自重新回到自己的生活里，谁都寸步不让。

我们似乎较上了劲，班尼只差朝地上吐口水，持刀搏斗来向我表明他就是个头脑简单的乡巴佬，而我则扮演着高智商、高学历、高收入的职业女性角色。三高，如果加上高度盲目，则是四高。

我们没有试着去弥补我们之间的鸿沟，反而用尽全力推开彼此。也许我们都希望有奇迹出现，我希望他承认他有灵魂，我猜他希望我一夜之间便系上围裙。我们在精神上进行了一番较量，因为我们依然被对方的磁场强烈地吸引着，我们感到随时都可能会掉进一个黑洞；另一方面，我们比以往任何时候都争执得更为激烈。

接着我们不再上床，神经绷得太紧了，心里太痛苦。

再之后便没有太多剩下的了。

因为我们到了不能再继续在一起，开开心心过下去的地步。一直以来我们都不得不去除自己这方的障碍，我们在墓地里还没有开始，就已经结束了。一天，我们一起去了墓地，并排站着，把各自面前的坟墓整理了一番。

班尼突然说："你认为我们死后能同穴吗？"他若有所思地看了我一眼。

我瞟了一眼他的碑石，一阵战栗流过我全身。"但是用哪个碑石？这肯定是个问题。"我说。

"我认为我们根本不可能！"班尼继续道。

我过了一会儿才明白他的意思，他不再相信我们有明天。

现在不会，永远都不会。

我心里突然发疯似的痛了起来。

我拿出我们一贯用的止痛药，拿这件事开了个玩笑。

"无论发生什么，你永远都是我心中那个隔壁坟前的男孩，"我说，"你知道的，就像杂志故事中所写的那样。住在隔壁的男孩，和女主人翁青梅竹马一起长大的好小伙儿，直到她被城里某个罗密欧抛弃才意识到他的好，然后她回到家，和一直忠诚等候她的隔壁男孩幸福快乐地生活在一起。"

"无论在我们身上发生什么，当大限来临时，我都想回到隔壁坟前那个男孩的身边。回到你的身边，班尼。然后我们就可以用我们的骨头玩捡棒子的游戏，直到没有人能分清哪根是你的哪根是我的。你会忠诚地等候我吗？"

班尼静静地坐了片刻。

"抱歉，我无能为力，"他说，"我们将如何处理我们选择的、陪伴我们终生的丈夫和妻子？"

"我们不必考虑他们，因为这是你和我的事，班尼，即使今生不能实现。"

"如果有个女人决定让我成为一个诚实的男人，我不会让她失望，"他说，"我想让她和我们葬在一起。"

我们在沉默中坐了一会儿。

"也许我们最好不要再见面了。"班尼说。

最终，他为我们做出了决定，沉重的包袱从我的心头卸下。我当时并没有意识到我们就这样结束了，于是我同意了。

他站起身，牵住我的手，我们走到两块碑石之间，我们揽着彼此默默站了很久，也许有半个小时。

"让我们五十年后再在这里相见。"我最后说。

"再见！"他哀伤地说，然后转身离去。

我在那里待了一会儿，然后也回家了。

50

我不认为自己会知道我们最后一次在墓地相见时,德西蕾是否意识到了我是认真的,我也不知道她如何看待这件事。我现在认为,她会乐于继续我们原本相处的方式——整周工作,然后到乡下放松几个小时。总是我手里拿着帽子朝她走去,索要更多,很奇怪,最后居然是我给我们的关系画上了句号,提出和她分手——至少,我认为是我。我不能再那么继续下去,代价太高,但和她分手差点儿要了我的命。

我一从墓地回来就踢掉靴子,走进客厅,在抽屉里到处找钢笔和便笺本。我像个施工场地的检查员一样绕着农场走了一圈,来回走,把所有需要做的工作都写了下来。这期间,我一直把立体声唱机开着,将网络收音机的音量调到最大,这是短时麻痹自己的最佳方法,不会造成持久伤害。我每天要求自己完成三项工作,将它们排在所有日常工作的前面。诸如用混凝土做个新的肥料地基,做个新的水泵棚之类的……

我做到了。我顽强地用工作麻痹自己,这么多的工作,我甚至都没有时间看地方报,我连哪一天是星期几都快搞不清了。每天早上我五点半出去,一直干到晚上十点。回到家时筋疲力尽,经常连上楼的力气都没有。还有些日子我甚至都不记得家里有没有吃的。

我一直坚持到春天到来,然后我出去到田地里干活。只要牛稍微惹了我,我就用靴子的钢鞋头给它们一顿好踢。有一头牛的神经绷得太紧了,以至于我到最后不得不把它的脚绑住才能制止它蹬我。我想它们应该感激我才是。

我甚至都回不到遇到小虾米之前的无动于衷。我的逻辑思维是这样的:既然我为农场放弃了生命中最重要的东西,那么我就要干出点名堂来。为它我会付出一切。

经过一段时间的思考,我觉得我应该出去消遣一个周六晚上。我把它当成一项工作,就像其他事情一样——走出去,看看市场上有什么好货色,就像参加农产品机械展。我去了理发店,他们使出浑身解数打理我枯得像烂绳的头发。我穿上一件干净的衬衣和一条牛仔裤,还有一件旧皮夹克。我在酒吧里闲逛,和女孩子胡扯,既然我一点儿都不在乎她们怎么看我,这反倒比我"讨好的班尼"那招要奏效多了。我甚至带了一两个回家共度春宵,都是一夜情,但一点儿都没有起到安慰作用。对我来说,她们只有身子没有脸,但实话说,这减轻了我的抑郁,不管怎么说,我还是能找得到女人的。

然后我不再胡闹,因为有许多春耕和播种的事等着我去做。

那段时间我每天工作十八个小时,直到一天早上我晕倒在锅炉房里,我才意识到我不能再这么拼命下去。我瘦了七公斤,胃出现了严重的问题,我想到身体要紧,于是给安妮特打了个电话。一天晚上,她过来了,当她看到我时,吃惊得用手捂住了嘴。"我不想说,"我说,"把药给我就行了。"

一周后,她休了年假。"医院都希望员工换个时间休假,最好别选在夏天。"她说。她搬进了妈妈的房间。她给我做白煮鱼和能舒缓胃部的清汤,我开拖拉机在外耕种到晚上十一点时,回来后她会给我按摩背。她把冰箱和冰柜都塞满了食物,把房子里里外外打扫干净。她给厨房的窗户挂上窗帘,当我需要做牛奶测试时,她和我一起去牛栏。晚上她坐在那里织东西,而我读《农夫》,我们没有太多交流。

就好像头痛欲裂的时候服下两片阿司匹林,疼痛慢慢消退到能忍受的麻木程度。

到了第三周,我开始把一切告诉她。她说的不多,只是一面看着自己手里的针一面点头。这是幸事,如果她告诉我她怎么看待小虾米,我一定会崩溃。

到了第四周,她挪进了我的被窝,整个过程不太像是弦乐队,更像筋疲力尽风尘仆仆时洗了个桑拿,愉悦、自然,但是不会让人因渴望而眩晕。

我一次都没有打给德西蕾,我避免去墓地,我的父母肯定能理解。

在我们分手后不久,电话在晚上响过几次。我知道是谁打来的,但是我没有拿起话筒。如果我接了,我会立即飞回到她身边。

51

> 我不得不一分钟一分钟度过
> 像吞药片一样吞下它们
> 竭力不去想
> 剩下的那巨大数目

人人都会用自己最痛恨的东西创造出自己的地狱。对于地中海地区的人们来说,地狱便是永无止境的酷热;对那些生活在北方的人来说,地狱则是冰天雪地和死一般的沉寂。

我给自己创造的地狱是让我犯的所有错和我错过的所有机会——从我眼前飘过,像看一场电影。

班尼和我在墓地分手后一周,我才知道他是认真的,我居然过了这么久才意识到。一天晚上,我给他打电话,想至少保持一丝联系,但是他没接,我知道他是故意的。

然后我开始回忆。首先,我回忆了一遍我们说过的所有话,那天他给我看他计划怎样改装房子,我越是回忆,越觉得自己当时的语气像唐老鸭——一只可怕的、自我满足的唐老鸭，嘎嘎叫个不停，一副无所不知的样子。说"我们"需要分清事情的主次，相互适应，但实际意思是让他适应我。无论我们要采取什么解决方法，都是让他做牺牲——如果我有考虑过什么解决办法的话。自始至终都信心满满：自己才是他渴望的对象，是唯一能做决定的人。就在几周前，我还心急如焚，因为我不知道自己想要什么，或打算放弃什么——其实什么都不想放弃。

当然伊内兹已经提醒过我："你们是两个世界的人，我从来没有看到过你像那样。"那是一种独一无二的感情，她看出来了，而我没有。现在那份感情给了我致命的打击，我不得不请了两周的病假。

这是我离开校园以来第一次请病假。我去商店买酸奶、面包、鸡蛋，然后脚步浮虚地回到家。不出门，拔掉电话，然后又插回去，一天重复好几次。我重复回忆我和班尼的点点滴滴。

回忆起那几周让我情绪起伏不定。前一分钟我对班尼无比气愤——他也丝毫没有打算放弃他生活中任何一样东西。我得搬过去跟他住，或多或少放弃我的工作，要迁就到让瓦奥莱特照看我的孩子的分上。我想不出他做了哪一样牺牲，他唯一的让步是重新装修他的卧室，在他计划之前，他甚至都没问问我的意见。任性，固执，苛刻。那天晚上我打电话给他，想告诉他我是怎么看他的，他还是不接电话。该死的。

下一刻我凑到镜子前，看到自己被泪水浸泡的脸。哭不会增添我这样的人的美——脸又红又肿,外加白睫毛,我丑陋不堪。没有人能在我身上看到班尼所看到的和他让我表现出来的美。他让我变得漂亮,但现在魔法解除了。

那天晚上我打给他,想在电话上哭泣,请求他的原谅。如果他接了,我会不等他开口便摔下话筒——天哪,我变成了斯滕,口齿不清,哭诉!

那是我最后一次拨打他的电话,但是疯狂的情绪依然在继续。有时候我会在心里想出他的一系列形象:戴着森林业主帽子的样子,啧啧喝汤的样子,说那些反动言论的样子。然后是一系列我和他坐在罗温农场的台阶上背对着阳光欢笑的模样,他卷发凌乱,温柔地抚摸着膝头上的猫。他有力的胳膊叉起干草,堆成巨大的干草垛。然后我哭得更厉害,在我蓝色的笔记本里写个不停。根据我正在写的句子,我要么插上电话要么拔下,等待着永远不会打来的电话。

那段时间我度日如年,每一个小时都有数不清的分钟,而每一分钟都爬得像蜗牛一样缓慢。我不停地看钟。我甚至连酸奶都吞不下去。一天,我捏住鼻子,一口气连吃了三个生鸡蛋,因为我觉得自己营养不良,其他时候我都是靠清汤度日。

我从来没有这么难受过,这比厄尔扬死的时候更令我心碎。我甚至连惭愧的力气都没有,厄尔扬好像从我的记忆中被擦除了。

玛尔塔本可以帮我度过最初那段艰难的日子,但她却在斯莫兰德的休养院。毕竟，如果你把地狱分级的话，她所遭遇的不幸比我的要可怕得多。

于是我也为玛尔塔哭泣。

两周过后，我拖着身子回去上班了，其他人都以为我患了一场重感冒。只有奥洛夫看过我的病历，他说只要我想，他随时欢迎我去找他倾诉，我想现在我可以去了，但我没有。

我寄情于工作，过得还不错。只有无暇分身的时候我才会多少感到自己是正常的。一旦回到家，或独自一人坐下来吃午餐的时候，我的脸会立即垮下来，就好像它是用乐高积木拼凑成的，随时都能拆成碎片。晚上我眼睁睁地捱到天亮，在那里回忆所有错失的机会。每天都会想出一些新的，越来越多。

52

　　那天我在城里，自我们分手后我第一次看见了德西蕾。天气转暖了，她和一个头发灰白的干瘦男人坐在一家咖啡屋里。他们朝彼此探着身子，似乎沉浸在谈话中。桌上码着一堆书，我离得很近，都能看到最上面的一本是英文书。德西蕾涂了口红，穿着一款时髦的宝蓝色新夹克。她的头发比之前长了，有点儿波浪卷。灰发男人笑声朗朗。

　　我真想一脚把他的门牙踢进肚里去，他看起来不像能经得起打的样子。如果德西蕾对他展露她那暑期微笑，我很有可能会跳过篱笆，冲到他们俩之间。她没有。

　　安妮特休完年假后，甚至都没有问过我意见便主动将班次减少了一半。我们还是像之前那样相处着，我教她开拖拉机，以便我收割青贮饲料的时候她能把饲料用拖拉机拖到青贮窖里。我们取出自行车，带上一瓶咖啡和一点儿吃的去进行短途旅行。周五晚上她会租部片子回来（只有一部！），外带一点儿葡萄酒。

她租回来的第一部片子居然是《警察学校》。

每当我独自一人的时候,我都会把立体声唱机开得震山响。我在内心深处开始看到一个全新的德西蕾,会化妆,穿着靓丽,身边的男人走马观灯似的换过,他们都见过世面,喜欢读英文书。我想她得到了自己想要的!

我也一样。

我不知道她是否偶尔也会想起我,她那几个晚上给我打电话想要跟我说什么呢?肯定是对我劈头盖脸一阵痛骂。

我想坐在她对面,笑吟吟地告诉她,她涂上口红,穿着那件新夹克有多可爱。我想看她微笑。

但是我已经做出了决定,现在看来我没必要非得做出选择,我可以继续拥有农场,并拥有一个家庭——和安妮特,我猜这是必然的结果,还有比这更糟糕的事情在等着我。

我想我从来没有相信过我和小虾米之间会有未来。她给我的那些炙热的感情总让我有点不安,很显然,那些感情至今仍炙烤着我——比如:让我脑袋发晕,想打落那个素未谋面的男人的门牙!无论如何,我一直相信为爱"结婚",我相信那些在舞会上将头埋进女人乳沟里而开始的关系。如果那个乳沟的年龄刚好合适,也还是单身,那么你就会经历所有那些惯常的求爱仪式,比如看电影,到家里共进晚餐,去罗得岛度假,然后在当地教堂定下日子,一切都像婚姻咨询顾问安排的那样顺理成章地进行。

如果是父母之命,媒妁之言,进展也一样顺利,至少你知道她很适合你,然后你只需去适应她就行了。如果没有其他选择,妈妈肯定会选择安妮特。

我想安妮特和我都意识到了我们早过了浪漫的年纪。我们都需要一个稳定的家,我们的结合将能给这个世界减少一个中年剩女和一个遭人笑话的老光棍。

"现在这位完全不同!"有一次,瓦奥莱特碰到安妮特的时候说。本特·戈伦之前就认识她。

我走到门外,把拳头狠狠击打在门廊上,然后又重新走了回去。

安妮特并不傻,也不迟钝,尽管她不能像小虾米一样让我开怀大笑。我一直都喜欢安妮特,和她相处得也很好。然而我不能一下子爱上她,就像我不能一开始就喜欢上歌剧咏叹调。我从来没有动过这个念头。

她从来没有问过我我是否"爱"她。

人们爱猫、爱草莓冰激凌、爱高翻领毛线衣和伊维萨岛——他们本爱着一个人,然而一转眼,他们就移情别恋,又爱上另一个人。就像转瓶子的游戏一样,我总这么想。

像那个老掉牙的白鹳[1]笑话——我不相信白鹳真有这种本事,尽管我亲眼见过一只。

---

1 白鹳在欧洲是非常有名的鸟,常常在屋顶或烟囱上筑巢,在传说中,白鹳会将婴儿送到家中,所以被称为送子鸟。白鹳的笑话是说,一对白鹳养着一只小白鹳,晚上夫妇俩轮流去给人们送子,第三天小白鹳也学父母去送子,结果把大学生吓得魂不附体。

我不相信爱情，尽管我经历过，我知道那是爱。当我辗转反侧，不能成眠时，我躺在那里想，那是因为我从没给过它机会。我从来没有想过把爱情放在首位，放在一切之前。

有时候我感觉我还没有真正爱过，也许永远都不会。

当我思绪神游，比如想起组建一个家庭时，我总忍不住幻想小虾米身怀六甲的样子，在她那个瘦巴巴的白皙身体里孕育着一个球一样的小东西。让她怀上我的孩子，就如她期盼的那样。

我现在总算能明白为什么人们以为碰到外星人后思想会短路，会压制所有记忆。他们只是不肯将它带进自己的世界里，他们得从零开始重新构建一切。相信我，为了压制自己不去想小虾米，我甚至连去图书馆的路都找不到了。

53

修补爆裂的肥皂泡
脸上挂着睡眼蒙眬的微笑做布娃娃
这需要时间

我梦到我恰逢促销时间去了一家鞋店。我在桌上一堆鞋子里找到了一只非常漂亮的系带蓝色皮鞋,号码正合适,于是我套在了脚上。现实中,我的腿像棒球棒一样白,像棍子一样瘦,但在我的梦中,穿上那只鞋子,我的右脚看起来很匀称,是如丝般光滑的棕色,我的踝关节像女芭蕾演员一样优雅。于是我开始找左边那只,好不容易找到了才发现它很小,那码子只适合五岁孩童。"有时候会发生这种事,"店员无动于衷地说,"要么买要么放下。我们只剩下这一双了。"但是我怎么能买一双这么奇怪的鞋子呢?难道要砍下我半只脚?我遗憾地走出了商店,接着我便惊醒了。

每当我的思绪朝班尼那个方向飘去时,我就逼迫自己去回忆那个梦。半只脚。

为了振作起来,我开始改变自己的相貌。我涂眼影来掩盖我红肿的眼睛,上粉来掩盖黑眼圈。然后我更进一步,我开始涂口红,我发现这种感觉很好,吸引了更多男人的眼光。每当有人的眼光停留在我身上,我都感觉是对班尼的小小报复:看见了吧,我还有市场!接着我买了几件颜色鲜艳的衣服,主要是为了让自己信服我过得很滋润。我这样过得还不错。

五月,图书馆送我去隆德进行为期两周的培训。我短暂地游了一趟哥本哈根,去了嘉士伯艺术博物馆。博物馆门廊里立着一尊尼俄伯[1]雕像,身上爬满了她的孩子。我从各个角度拍了照。然后我在罗马帝王和帝后的半身像陈列馆里度过了几个小时。到公元200—300年左右,那些雕像开始像照片一样棱角分明,栩栩如生,你可以描绘出一个人从童年到老年的相貌。

五十年里,我的相貌会发生怎样的变化?班尼呢?

我对自己许诺,无论发生什么,我八十岁的时候都会去找他。他很难拒绝我这个要求。

暑假的时候我报名参加了爱尔兰西海岸的一个水彩画课程。我们坐在那里,整天都能听到海鸥在我们周围尖叫,它们试图在悬崖底下捕捉水面反照的阳光。一对像兄妹一样的美国夫妇邀请我去威斯康星州过圣诞节,男的是大学讲师,和他静

---

[1] 希腊神话中坦塔罗斯的女儿,因自诩比阿波罗和阿耳特弥斯的母亲勒托高贵而惹恼了他们,她的子女们因此被阿波罗和阿耳特弥斯杀害,自己也被变成了一块石头。

静坐着很舒服。

在巴利莱里一间灰尘弥漫的小酒吧里，我看到了一台旧冰箱，很像班尼家厨房里摆放的那台。现在他还在用吗？也许早已物是人非。

有一次，仅有一次，我借来一辆车，从班尼农场所在的村庄开过。我骗自己说我是去那个村子附近的另一个村子的一块森林空地采摘野山莓。路上我看到班尼和一个皮肤黝黑的黑发女人在一起，他们骑车朝我这边来，车篮里放着野餐的东西，他们当然不会注意到我在车上。班尼指着远处的田地，似乎在向她解释什么。他瘦了，晒黑了，也换了个发型。看起来很幸福。

而她看起来是个很乏味的女人，正适合给瓦奥莱特做伴。我想到不知他是否像跟我做爱一样跟她做爱，想着想着我再也受不了了，差点儿都回不了家，自此我发誓再也不去那里。

玛尔塔渐渐恢复了本色——至少表面上是如此。她让我想起我小时候玩的一个玩具，一只黄色的铁皮鸭子，如果你给它旋上发条，它会迈着瘪平的鸭掌摇摇摆摆地行走，边走边嘎嘎叫。一天，我旋得太紧，结果链条断了。外表上看，它还是一模一样，我无法接受它再也不能走了。

玛尔塔的神经崩断了。

但是最主要的是，人和铁皮鸭子的不同之处在于：假以时日，我们的神经可以愈合。玛尔塔认识了一个坐轮椅的男人，他进行过结肠造口术，性情暴躁，喜怒无常。"就这样了！"玛尔塔说，"至少和他在一起，我总知道他的去向！"自从遇见玛尔塔后，他的人生无疑变得危险多了。她坚持坐轮椅的人和我们其他四肢健全的人一样能做任何事，于是她带他去山上散步时，在一个陡峭的山坡上松开了轮椅。轮椅翻倒了，他把她骂了个狗血淋头，但她只是无所谓地摇摇头，把他推上另一个山坡。

九月，我又开始了故事时间。一个棕色眼睛的金发小男孩经常坐在前排，不时打断故事，提出改进的建议，他爸爸坐在靠墙的地方，既自豪又尴尬。有一次，大家走后，他们留了下来和我聊了聊，我和他们一起去了咖啡屋。那位爸爸的名字叫安德斯，是位单亲爸爸。我们开始一起去远足，或去参观博物馆，或给彼此做饭。安德斯是个历史学家，他谈起历史时很风趣，很不敬，我都不知道该不该相信他说的话，但是他让我笑口常开。

我希望自己会爱上他。

一天，当我们一行三人一起去公园散步时，他的小丹尼尔突然颤抖着下唇说："老鹰真可怜！"

"为什么这么说，宝贝儿？"安德斯问道。

"因为它们不能进巢箱。"

那时我才意识到我真正爱上的是丹尼尔。

十月，发生了一个平凡的奇迹。我在一家商店橱窗里看到一双系带蓝色皮鞋，我认得它们，我直接走进去买下，穿着回家了，我一进家门就给班尼打了个电话。

54

我想我懂得奇迹。

播种并收获生活。这是我的工作。

但是你从来不知道奇迹什么时候会出现。

它们从背后偷偷靠近你,抓住你的后颈。

安妮特想和我订婚。

"不行啊,我左手没有无名指!"我调侃道。但是我没有推脱。这很公平。

十月的一天晚上,小虾米突然给我打来了电话。我刚从牛栏回来,安妮特在厨房用煎锅煎猪排,煎锅发出咝咝声。网络收音机在拼命地闹哄。

我转到另一部电话上,去了楼上的卧室。

"嗯?"

"你能到我这里来吗?立即马上?没发生什么可怕的事,我不过想跟你谈些事情。"

"现在？今天晚上不太方便，明天怎么样？"我尽力用不相干的语气说，但是我自然做不到，我在意吗？

电话里安静了一会儿。

"不，"她说，"要么今晚，要么拉倒。但如果你不来，我不会生气，没关系。"

"我半小时内到。"我说。

安妮特没有问我为什么突然要去城里。但是我肯定她很好奇，我通常都会告诉她我的去向。

我一路上心急火燎，脑子一片空白，只是在方向盘上敲打手指，试图清空头脑中的杂绪。

她板着脸，一副公事公办的样子，叫我在她不舒服的钢管扶手椅上坐下。她还是老样子，但有些改变，是谁让她开始化妆的？她还是穿着素色服装，牛仔裤和毛线衣，但脚上却穿着一双非常漂亮的系带蓝皮鞋。

她在我对面坐下，表情就像一个孩子数着数，准备跳进冷水里一样：十、九、八、七、六……一阵沉默，然后我们同时开口了。

我们不禁失笑，有点儿不自然。她看着我，我很少看到她如此动情，我想不起她经常露出那样的神情。

"我等不了五十年，尽管我最初是这么打算的，"她说，"别担心，我没有打算扰乱你的生活。有一件事我想问问你，我不知道怎么开始。"

"你总能用讲笑话的方式说出来。过去每当我想认真的时候你就会这么干。"我说,我能听出我的声音听起来有多苦涩。不公平!毕竟我自己又何尝不是如此,我要平复自己的恨意。

"最近看过什么好书?"我问道。我们经常这么开始。她会回答诸如"叔本华"什么的,我会说《潘登圣诞节年刊》,然后我们会比较一番。"叔本华的世界观说得通!——是的,但是潘登上刊登的内裤酷多了……"当我们如履薄冰时,这种对话拯救了我们许多次。有时候我们是用说笑的方式将严肃的事情说出来的。

"有一天我读了一篇法国的科学调查,"她说,"他们让许多男人穿上新的白内裤睡觉,让他们的汗味沾在上面,然后让许多女人来闻这些内裤,选择她们最感兴趣的那个男人。结果每一个女人都选择了那个免疫系统和自己互补的男人,换句话说,这样他们的后代才会健康。"

"这么说是我的免疫系统而不是我的农场吸引了你?"

"谁知道呢?"

她陷入了沉默,看起来好像又在数数:五、四、三、二、一——开始!

"这就是我想要的,一直以来想要的,不知道为什么。我的意思是说,我想和你生个孩子。不,让我说完!我不是说我想和你重新开始,我只是想把这个该死的生物钟关掉,否则我什么都干不了。我感到体内塞满了那些小小的卵子,我得给它们一个机会,就一个机会,而你什么都不需要知道。"

"你是想把我扑倒,霸王硬上弓?"我说,目瞪口呆地看着她,嘴巴张得老大。

"我是想和你最后上一次床,"她说,严肃地看着我,"现在我正处于排卵期,我算好了,它们似乎只为你雀跃。"

就像人们常说的,我的整个一生在我眼前飘过。

"然后关于此事你什么都不必知道,除非你坚持,那就没办法了。也许会失败——成功的几率很小,但至少我尝试过了,然后我就可以不再去想它,从此我们回到我们不同的世界开心地生活。"她偷偷看了一眼我的戒指。

我没吭声。

"肯定有哪个该死的免疫系统适合我,"她咕哝道,"噢,别当真!我从来没有像现在这样真诚过。如果要填表格,我会填生父不详。什么都别说!我还没有完全想好,原因显而易见。我知道还有其他考虑因素,我知道!所以我会给你一个小时的时间考虑,我让你自己做决定。"

她一跃而起,抓起她的布袋子,朝门走去。

"如果我回来的时候没有看到你,我就明白你的决定了。至少我该说的都说了,它们将不得不为其他人跳跃……但是我会一直记得,你是我最好的情人,尽管想你的次数会越来越少。"

我还没来得及开口她就已经走了出去。

我的样子看起来肯定像心急的屠夫鸣响眩晕枪时牛的表情。

我环顾四周。贝壳那张海报不见了，换上了一幅悬崖与大海的水彩画和一尊塑像的放大照，一个肥胖的女人，身上爬满了孩子。

如果我配合她疯狂的建议，我就对安妮特犯下了罗伯蒂尼对她朋友玛尔塔所犯的错，根本不可能。我在那里坐了五十九分钟，啃着我空荡荡的指关节，然后我放松了神经，放任自己胡思乱想。

她在大厅里扔下包，冲了进来。起初她没有看到我，因为天已经完全黑下来了，我没有开灯。她打开天花板上的灯，看到我坐在那里，开始哭起来，很快她的睫毛膏就花了。

"噢，不！"我说，"你不必认为我要把所有的决定权都交给你！我也有条件。首先，别提什么生父不详的鬼话，你把我当什么人了，见不得人的人？你会把我的孩子变成衣衫褴褛的大学讲师，教学生早已没有人说的语言。第二，我想来三次——神话故事中都是这样讲的。我还会来这儿两次——明天和后天。在这期间你不能约会其他人，我当然也不能。第三次后，我会回家，去做自己的事，而你继续在这里生活，我们不要通话，等到你有了结果再打给我。到那时候，你要么来了月经，要么拿到了检测结果。"

"就算这样，我们也只有五分之一的希望。"她吸着鼻子说。

"你以为我不知道几率有多小吗？我给小母牛人工授过

217

精。"我挣扎着说出这些话，声音在整个房间里飘荡。"但至少，即使不成功，你也不会直接被送去屠宰场。如果成功了，我们就教他唱《弥赛亚》的高音部分；如果没有，我向你保证，没有你我也会过得很开心，每次去图书馆我都会走到你桌前，拍拍你的后背，而且我会经常去。"

我们手牵着手，走进了她白色的卧室。

我无法形容那种感受，至少还没有这样的诺贝尔文学奖作品问世。

等我恢复了理智，我知道我还剩下两次机会。神话故事中头两次总是落空，然后总会出现某个穿着灰衣服的神秘小矮人给他们传授咒语。

我会睁大眼睛留意那个小恶魔的出现。

GRABBEN I GRAVEN BREDVID by Katarina Mazetti
Copyright © Katarina Mazetti, 1998.
Originally published in Swedish by Alfabeta Bökforlag.
Chinese (Simplified Characters) copyright© 2012
by Alpha Books Co., Inc.
ALL RIGHTS RESERVED.

版贸核渝字（2011）第214号
图书在版编目（CIP）数据

隔壁坟前的那个男人/（瑞典）玛泽蒂（Mazetti,K.）著；
李娟 译.—重庆：重庆出版社，2012.5
ISBN 978-7-229-05051-1

Ⅰ.①隔… Ⅱ.①玛… ②李… Ⅲ.①长篇小说—瑞典—现代Ⅳ.①I532.45

中国版本图书馆CIP数据核字（2012）第055013号

隔壁坟前的那个男人
GEBI FENQIAN DE NAGE NANREN
［瑞典］卡特里娜·玛泽蒂 著
李娟 译

出 版 人：	罗小卫
策　　划：	华章同人
出版统筹：	陈建军
策划编辑：	张慧哲
责任编辑：	刘学琴
责任印制：	杨　宁
营销编辑：	魏依云　王　新
封面设计：	尚世视觉

重庆出版集团
重庆出版社 出版
（重庆长江二路205号）

北京中印联印务有限公司 印刷
重庆出版集团图书发行有限公司 发行
邮购电话：010-85869375/76/77转810
E-mail：bjhztr@vip.163.com
全国新华书店经销

开本：880mm×1230mm　1/32　印张：7　字数：160千
2012年9月第1版　2012年9月第1次印刷
定价：28.00元

如有印装质量问题，请致电023-68726683

版权所有，侵权必究